박지원의 한문 소설
한 푼도 못 되는 그놈의 양반

11

박지원의 한문 소설

한 푼도 못 되는 그놈의 양반

전국국어교사모임 기획·김수업 글·김경희 그림

Humanist

'국어시간에 고전읽기' 시리즈를 펴내며

고전을 읽어야 한다는 가르침은 어릴 때부터 귀가 따가울 만큼 들었다. 그러나 몸소 이를 따르는 사람은 흔치 않다. 종종 고전을 가까이하는 사람들이 있는데 이들은 대체로 삶을 헛되이 보내지 않고 훌륭한 일을 이루어 세상에 뚜렷한 이름을 남겼다. 고전 안에 그만큼 값진 속살이 들어 있기 때문이다.

고전이 이처럼 깊은 가치를 지녔는데 어째서 고전을 읽는 사람은 흔치 않을까? 아마도 고전이 사람을 쉽게 끌어당겨 주지 않기 때문일 것이다. 고전은 우리에게 섣불리 손짓을 하지도, 눈웃음을 치지도 않는다. 고전은 끈기를 가지고 파고들어 오는 사람에게만 마지못한 듯이 웃음을 지으며 속내를 털어놓는다. 고전은 요즘보다 훨씬 무뚝뚝하던 옛날에 이루어진 삶이며 글이기 때문이다.

그래서 우리는 청소년들이 고전을 즐겨 읽을 수 있도록 마음을 다했다. 뻣뻣하고 까칠한 고전을 달래서, 부드럽고 친절하게 청소년을 끌어당기도록 손을 쓰고 공을 들였다. 멋없이 무뚝뚝하던 고전을 정성껏 매만져서 두 팔을 활짝 벌리고 청소년들을 끌어안을 수 있도록 탈바꿈했다.

고전은 이제 온전히 겉모습을 바꾸어 청소년들을 맞이할 것이다. 자칫 속살까지 탈바꿈한 것처럼 보일지 몰라도 책을 읽다 보면 예스러운 고전의 맛과 멋을 한껏 느낄 수 있을 것이다. 우리는 무엇보다도 고전이 고전다운 속내와 뼈대를 온전하게 지니도록 하는 데 힘을 쏟았다.

고전은 시공간을 뛰어넘고, 나라와 겨레를 뛰어넘어 세상 모든 사람에게 큰 울림을 준다. 《시경》, 《탈무드》, 《오디세이아》, 셰익스피어와 괴테의 작품이 세상 모든 이에게 가르침을 주듯이, 우리의 고전도 모든 이에게 값진 가르침을 줄 것이다. 가르침이 서로 다르기는 하지만 높낮이가 있는 것은 아니다. 그러므로 세상 고전을 두루 읽어야 하는 것이나, 우리는 우리네 고전부터 읽는 것이 마땅한 차례다.

　이런 뜻으로 전국국어교사모임에서 '국어시간에 고전읽기' 시리즈를 펴낸 지 십 년이 되었다. 누구나 두루 즐기며 읽을 수 있도록 쉽게 풀어 쓰고 맛깔나고 재미있는 작품으로 재창조하려고 무던히도 애썼다. 다행히도 많은 독자로부터 분에 넘치는 사랑을 받았고, 우리 고전을 가까이하고 즐기는 청소년들이 많이 늘어 고마울 따름이다.

　지난 십 년처럼 묵묵하게 이 시리즈를 이어 갈 생각으로 첫 마음을 되새기며 글과 그림을 더하고 고쳐 좀 더 새로운 얼굴의 우리 고전을 세상에 다시 내놓으려 한다. 이 책을 통해 우리 청소년들이 풍성하고 가치 있는 고전의 바다에 풍덩 빠질 수 있기를 기대해 본다.

2012년 11월
전국국어교사모임

《박지원의 한문 소설》을 읽기 전에

이제부터 여러분이 읽으며 즐길 《박지원의 한문 소설》이 서양 소설의 모습과 너무 달라서 어리둥절할까 봐 걱정입니다. 이를테면 〈범의 꾸지람(호질)〉이나 〈열녀 함양 박씨 이야기(열녀함양박씨전 병서)〉 같은 소설들은 본바탕 이야기를 가운데 놓고, 앞뒤로 없어도 좋을 듯한 이야기를 덧붙여 두었습니다. 그리고 널리 알려진 〈허생전〉도 〈옥갑에서 밤에 나눈 이야기(옥갑야화)〉라는 소설의 가운데 싸잡힌, 한 바탕에 지나지 않습니다. 그런데 사람들이 서양 소설의 잣대로 그 바탕만 잘라 내어 〈허생전〉이란 이름을 붙여 널리 알려졌습니다. 이렇게 우리 선조들의 작품을 마냥 서양의 잣대에 맞추어 잘라서 읽어도 좋은 것일까요?

우리 선조들이 만들어 즐긴 소설을 있는 그대로 읽으며 즐기도록 해 보는 것도 뜻이 있지 않을까 싶습니다. 그러면서 우리 선조들은 소설을 과연 어떤 모습의 이야기라고 여겼는지도 곰곰이 생각해 보고, 눈과 마음을 넓혀서 서양 소설과 다른 모습을 지닌 우리 소설까지 두루 아우를 수 있는 잣대를 새롭게 찾아보는 것도 좋다고 생각합니다. 그런 뜻으로 이 책에서는 《박지원의 한문 소설》을 본디 모습 그대로 우리말로 뒤쳐서 보이고자 했습니다.

박지원이 쓴 한문 소설은 모두 열 마리입니다. 먼저, 《방경각외전》에 묶어 놓은 일곱 마리가 있습니다. 본디는 모두 아홉 마리였으나 〈역학대도전〉과 〈봉산학자전〉은 이름만 남기고 알맹이는 없애 버려 일곱 마리만 남았습니다. 그리고 《열하일기》 속에 들어 있는 두 마리가 있지요. 덧붙여 쉰여섯 살에 경상도 안의 현감을 하면서 몸소 겪은 일을 말미로 잡아서 쓴 한 마리가 있습니다. 그런데 이 책에는 열 마리를 모두 싣지 못하고 《방경각외전》에 있는 〈마장전〉

과 〈우상전〉을 뺀 여덟 마리만 실었습니다. 〈마장전〉은 장돌뱅이 세 사람이 벗 사귐을 두고 벌이는 토론이고, 〈우상전〉은 이언진이 남긴 한시 작품을 모두 모 아서 엮은 전기이기에 싣지 않았습니다.

나머지 여덟 마리 소설은 박지원이 지은 차례에 따라 실었습니다. 지은이의 생각과 솜씨와 삶이 무르익어 가는 그대로 따라가며 읽고 맛보는 것이 좋으리 라고 생각했기 때문입니다. 그러나 지은 차례에 따르지 않고 마음이 끌리는 작 품을 앞뒤 가리지 않고 하나씩 읽어도 좋을 것입니다. 작품이 저마다 남다른 삶과 뜻을 지니고 있기 때문입니다.

끝으로, 이 책을 쓰면서 《열하일기》(리상호 옮김, 보리출판사, 2004), 《국역 연 암집》(신호열·김명호 옮김, 민족문화추진회, 2004), 《이조한문 단편집》(이우성·임형 택 편역, 일조각, 1978)에서 도움을 많이 받았음을 밝히고 고마운 뜻을 적어 놓 습니다.

2013년 11월
김수업

차례

소위 **사대부**란 것들은 무엇이란 말이냐

의복은 흰옷을 입으니 그것이야말로 상주나 입는 것이고

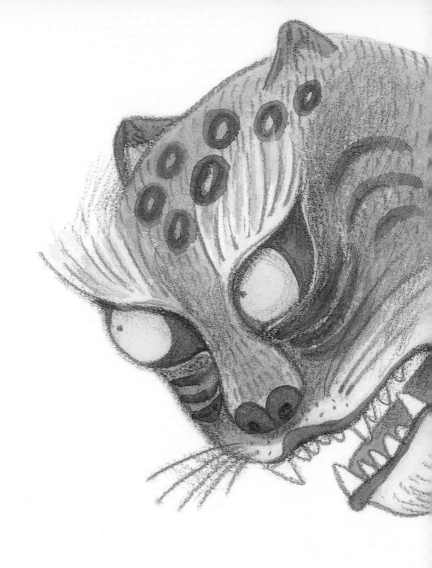

머리털을 한데 묶어 송곳같이 만드는 것은

남쪽 오랑캐의 습속에 지나지 못한데

대체 무엇을 가지고 예법이라 한단 말인가

광문자전

저 시커먼 것이 무엇이냐

광문이라는 사람은 거지였다. 그는 일찍이 종로 저잣거리에서 빌어먹고 다녔는데 거지 아이들이 광문을 패거리의 우두머리로 삼고 소굴을 지키게 한 적이 있었다.

하루는 날이 몹시 차고 눈이 내리는데 거지 아이들이 모두 비럭질을 나가고 한 아이만 병이 들어 따라가지 못했다. 조금 지나서 그 아이가 추위에 떨며 숨을 몰아쉬는데 그 소리가 몹시 애처로웠다. 광문은 그 아이가 너무도 불쌍해 직접 나가 밥을 빌어 왔는데 먹이려고 보니 아이는 이미 죽어 있었다. 거지 아이들이 돌아와서는 광문이 그 애를 죽였다고 생각해 모두 광문에게 달려들어 그를 두들겨 패서는 쫓아냈다.

광문이 밤에 엉금엉금 기어서 마을의 어느 집으로 들어가는데 집

지키는 개가 놀라서 몹시 짖었다. 이에 집주인이 광문을 잡아다 꽁꽁 묶으니 광문이 이렇게 부르짖었다.

"저는 저를 죽이려는 사람들을 피해 도망 온 것이지 감히 도둑질을 하러 온 것이 아닙니다. 영감님이 믿지 못하신다면 내일 아침에 저자에 나가 알아보십시오."

말이 몹시 순박하므로 주인이 속으로 도둑이 아니리라 짐작하고, 새벽녘에 그를 풀어 주었다. 광문이 고맙다는 인사를 하고는 떨어진 거적을 하나 달라 하여 가지고 나갔다. 집주인이 아무래도 이상하다 싶어 멀찍이서 뒤를 밟아 보았다. 이윽고 거지 아이들이 시체 하나를

끌고 수표교에 와서는 그 시체를 다리 밑으로 던져 버리고 갔다. 그러자 광문이 다리 뒤에 숨어 있다가 떨어진 거적으로 시체를 싸서 가만히 짊어지고 서쪽 공동묘지로 가더니 시체를 묻고서, 울다가 중얼거리다가 하는 것이었다.

　이에 집주인이 광문을 붙들고 그러는 까닭을 물으니 그제야 그전에 한 일과 어제 그렇게 된 사정을 낱낱이 말했다. 집주인이 속으로 광문

● **수표교** 청계천 다리의 하나로, 홍수 때에 수심을 재는 눈금이 다리 기둥에
　그어져 있었다.

을 의롭게 여겨 데리고 집으로 돌아와 의복을 입히고 따뜻하게 대우
했다. 그러고는 마침내 광문을 약국 하는 어느 부자에게 소개하여 일
꾼으로 지내도록 해 주었다.

　세월이 꽤 지난 어느 날, 그 부자가 집을 나서다 말고 몇 차례나 뒤
를 돌아보고 도로 방으로 들어가서 자물쇠를 살펴본 다음 문을 나서
는 것이었다. 마음에 몹시 미심쩍은 것이 있는 듯한 눈치였다. 부자는
얼마 뒤에 돌아와서는 깜짝 놀라며 광문을 물끄러미 살펴보면서 무슨
말을 할 듯하다가 얼굴빛이 달라지며 입을 다물었다. 광문은 무슨 영
문인지 몰라서 날마다 찜찜했으나 아무 말도 못하고 지냈고, 그렇다고
일을 그만두겠다는 말도 할 수가 없었다. 그런 뒤 며칠이 지나 부자의
처조카가 돈을 가지고 와서 부자에게 말했다.

　"얼마 전에 제가 아저씨께 돈을 빌리러 왔다가 마침 집에 계시지 않
아서 제멋대로 방에 들어가 가져갔는데 아마도 아저씨는 모르셨을 것
입니다."

　그러자 부자는 너무도 부끄러워하며 광문에게 이렇게 사죄했다.

　"나는 소인일세. 자네의 마음에 상처를 주었으니 앞으로 자네를 볼
낯이 없네."

　그러고는 알고 지내는 여러 사람과 다른 부자 또는 큰 장사치 들에
게 광문을 의로운 사람이라고 널리 칭찬했다. 그뿐 아니라 여러 종실
의 손님이나 높은 벼슬아치 집안의 아랫사람들에게도 지나치리만큼
두루 칭찬을 했다. 종실이나 높은 벼슬아치 집안의 아랫사람들이 모
두 이걸 이야깃거리로 만들어 밤이 되면 저마다 자기 주인에게 들려주

었다. 그래서 두어 달이 지나는 사이에 사대부까지도 광문이 옛날의 훌륭한 사람들과 다를 바 없다는 이야기를 듣게 되었다. 그러자니 서울 장안 사람들 모두 광문을 따뜻하게 대우한 집주인이 현명해 사람을 알아보았다고 칭송하고, 아울러 약국의 부자를 장자라고 더욱 칭찬하기에 이르렀다.

이즈음에 돈놀이하는 사람은 대체로 비녀, 장식품, 의복, 가재도구, 집·논밭·종의 문서를 저당 잡고 본디 값의 열에 셋이나 다섯을 쳐서 돈을 내주었다. 그러나 광문이 보증을 서 주는 사람에게는 담보를 따지지 않고 천금이라도 당장에 내주곤 했다.

광문은 겉모습이 볼품없고 말솜씨도 남을 감동시킬 재간이 없으며, 입은 커서 두 주먹이 들락날락하고, 만석중놀이를 잘하고 철괴무 춤을 잘 추었다. 우리 아이들이 서로 욕을 할 적에 '너네 형은 달문이다.' 하며 놀리는데 달문은 광문의 또 다른 이름이다.

광문이 길을 가다가 싸우는 사람을 만나면 그도 역시 옷을 훌렁 벗어 던지고 싸움판에 뛰어들어 뭐라고 떠들면서 땅에 금을 그어 마치 누가 옳고 누가 그르다는 것을 밝히기라도 하는 듯한 시늉을 한다. 그러면 온 저자 사람이 웃음을 참지 못하는 바람에 다투던 사람들도 웃

* 종실(宗室) 왕조 시대에 임금과 가까운 일가 친족.
* 장자(長者) 재산이 부유하면서 어려운 사람을 너그럽게 돌보아 덕망이 높은 사람.
* 만석중놀이 개성 지역에서 부처님 오신 날인 사월 초파일에 자주 놀던 인형극.
* 철괴무 중국 전설에 나오는 이철괴(李鐵拐)의 모습을 흉내 내어 추는 춤.

음이 터져 어느새 싸움을 풀고 흩어져 버렸다.

광문은 나이 마흔이 넘어서도 총각으로서 머리를 땋고 다녔다. 남들이 장가를 들라고 권하면 이렇게 말했다.

"잘생긴 얼굴은 누구나 좋아하는 법이다. 그러나 비단 사내만 그런 것이 아니라 여자라도 마찬가지다. 그러기에 나는 본디 못생겨서 아예 얼굴을 꾸밀 생각도 하지 않는다."

남들이 집을 가지라고 권하면 이렇게 말했다.

"나는 부모도 형제도 처자도 없는데 집을 가져 무엇하겠는가. 게다가 나는 아침이면 소리 높여 노래를 부르며 저자에 들어갔다가 저물면 부잣집 문간에서 자는 게 보통이라네. 서울 장안에 집이 팔만 호나 되는데 내가 날마다 잠자리를 바꾼다 해도 내 평생에는 다 못 자보지 않겠는가."

서울 안에 이름난 기생들이 아무리 곱고 아름다워도 광문이 도와주지 않으면 그 값이 한 푼어치도 못 나갔다. 예전에 궁중의 우림아, 여러 궁전의 별감, 부마도위의 청지기들이 옷소매를 늘어뜨리고 운심의 집을 찾아간 적이 있었다. 운심은 이름난 기생인데, 대청에서 손님들이 술자리를 벌이고 거문고를 타면서 운심이더러 춤을 추라고 재촉

• **호(戶)** 집을 세는 단위.
• **우림아(羽林兒)** 궁궐을 호위하는 우림위(羽林衛) 소속의 군인.
• **별감(別監)** 대전과 중궁전 같은 데서 잡무를 보다가 임금의 행차가 있으면 호위해 따르는 벼슬.
• **부마도위(駙馬都尉)** 임금의 사위.
• **청지기** 양반집에서 잡일을 맡아보거나 시중을 들던 사람.

해도 운심은 일부러 미적거리며 선뜻 추지를 않았다.

밤이 되자 광문이 운심의 집에 나타나 대청 아래에서 어슬렁거리다가 마침내 자리에 나아가 스스로 높은 자리에 앉았다. 비록 해진 옷을 입었으나 행동은 조금도 거리낌이 없고 의기가 양양했다. 눈가는 짓무르고 눈곱이 끼었으며, 취한 척 트림을 해 대고, 헝클어진 머리로 뒷상투를 틀었다. 모두들 놀라서 눈짓을 하며 쫓아내려고 했으나 광문은 더욱 앞으로 나아가 무릎을 치며 곡조에 맞춰 콧노래를 불렀다.

그제서야 운심이 곧바로 일어나 옷을 갈아입고 광문에게 바치듯이 칼춤을 한바탕 추었다. 그리하여 모인 사람들이 모두 즐겁게 놀았을 뿐 아니라 광문과 벗을 맺고서 헤어졌다.

광문 이야기 뒤에 쓰다

나는 나이 열여덟 살 적에 병을 몹시 앓았다. 밤이면 늘 예전부터 집에서 부리던 사람들을 불러 놓고 마을 집집에서 일어난 이야깃거리될 만한 일들을 묻곤 했는데 광문의 이야기를 하는 사람들이 많았다. 나 또한 어렸을 적에 그를 보았는데 너무도 못생긴 얼굴이었다. 나는 한창 힘써 글쓰기를 배우던 참이라 광문의 이야기를 만들어 여러 어른들께 돌려 보였다. 그랬더니 하루아침에 옛글을 잘 본받았다는 칭찬이 돌아왔다. 이때 광문은 호남과 영남의 여러 고을을 돌아다니면서 가는 곳마다 이름을 남겼고, 서울에 올라오지 않은 지가 이미 몇십 년이나 되었다.

한편, 바닷가에서 온 거지 아이 하나가 개령의 수다사에서 빌어먹고 있었다. 밤이 되어 절의 중들이 광문의 이야기를 한가롭게 하고 있었는데 모두 그 사람됨을 상상하며 흠모하고 감탄해 마지않았다. 이때 그 거지 아이가 문득 눈물을 흘려서 사람들이 이상히 여겨 까닭을 물었다. 한동안 머뭇거리던 아이가 마침내 제가 광문의 아들이라는 말을 꺼내자 절의 중들이 모두 크게 놀랐다. 중들은 이때까지 그 아이에게 밥을 줄 적에 바가지 쪽에다 주었는데, 광문의 아들이라는 말을 들

- **뒷상투** 여자들 쪽머리처럼 뒤통수에 상투같이 묶은 머리.
- **광문~쓰다** 원문 제목은 〈서광문전후(書廣文傳後)〉이다.
- **개령(開寧)의 수다사(水多寺)** 개령은 지금 경북 김천시에 속하는 고을이고, 수다사는 이웃 고을인 선산군에 있는 절이다.

21

고부터는 씻은 사발에 밥을 담고 수저에다 푸성귀와 염장을 갖추어서 소반에 차려 주었다.

이 무렵에 영남에는 몰래 역모를 꾀하던 요사한 사람이 있었는데 거지 아이가 이처럼 융숭한 대우를 받는 것을 알고는 여러 사람을 현혹할 수 있겠다고 생각했다. 그래서 남몰래 거지 아이를 꾀었다.

"네가 나를 작은아버지라 부른다면 부귀를 얻을 수 있을 것이다."

그리고 저는 광문의 아우라고 하면서 이름을 돌림자에 맞추어 광손이라 했다.

'광문은 본디 제 성도 모르고 평생을 형제도 아내도 없이 홀몸으로 지냈는데 지금 어떻게 저런 나이 많은 아우와 다 자란 아들이 있을 수 있겠는가?'

어떤 이가 이렇게 의심하고 마침내 관아에 고변을 했다. 관아에서 이들을 모두 잡아들여 광문과 마주 앉히고 심문을 했더니 서로 얼굴도 모르는 사이였다. 이에 그 요사한 사람은 목을 베어 죽이고 거지 아이는 귀양을 보냈다. 죄 없는 광문도 이 일에 얽혀 귀양을 갔다가 풀려나자 늙은이나 젊은이나 모두들 찾아가서 구경을 하는 바람에 서울의 저잣거리가 며칠 동안 텅텅 비었다.

광문이 표철주를 보고 말했다.

"너는 사람 잘 치던 표 망둥이가 아니냐? 이제는 늙어서 너도 별수 없구나."

망둥이는 철주의 별명이었다. 서로 고생살이를 위로하고 나서 광문이 물었다.

"영성군과 풍원군은 무고들 하신가?"

"모두 다 세상을 떠나셨다네."

"김경방은 지금 무슨 벼슬을 하고 있지?"

"용호장이 되었다네."

그러자 광문이 말했다.

"그 녀석은 미남자로 몸집이 그렇게 뚱뚱해도 기생을 껴안고 담장을 잘도 뛰어넘고 돈 쓰기를 더러운 흙 버리듯이 했는데 지금은 귀인이 되었으니 만나 볼 수가 없겠군. 분단이는 어떻게 되었지?"

"벌써 죽었다네."

그러자 광문이 탄식하며 말했다.

"옛날에 풍원군이 밤에 기린각에서 잔치를 벌인 다음, 유독 분단이만 잡아 두고 함께 잔 적이 있었어. 새벽에 일어나 대궐에 들어갈 채비를 하는데 분단이가 촛불을 잡다가 그만 잘못하여 담비 가죽 모자를 태워 버렸지. 분단이가 황공하여 어쩔 줄을 모르자 풍원군이 웃으면서 '네가 부끄러운 모양이구나.' 하고는 곧바로 압수전 오천 냥을 주더구면. 나는 그때 분단이의 머릿수건과 덧치마를 들고 대청 난간 아래에서 기다리며 시커멓게 도깨비처럼 서 있었다네. 풍원군이 창문을 열

- **표철주(表鐵柱)** 서울의 무뢰배 조직인 검계(劍契)의 일원인데, 요즘의 조직폭력배와 같다.
- **영성군(靈城君)과 풍원군(豊原君)** 영성군은 박문수(朴文秀, 1691~1756)이고, 풍원군은 조현명(趙顯命, 1690~1752)이다.
- **용호장(龍虎將)** 임금을 호위하고 왕궁을 지키는 용호영(龍虎營)의 정삼품 벼슬.
- **압수전(壓羞錢)** 기녀에게 부끄러움을 진정시키라고 주는 돈.

고 가래침을 뱉다가 분단이의 귀에 대고 말하기를 '저 시커먼 것이 무엇이냐?' 하니 분단이가 '천하 사람이 다 아는 광문입니다.' 했지.

풍원군이 웃으면서 '바로 네 기둥서방이냐? 불러들여라.' 하고는 큰 술잔에 술을 한 잔 부어 주고 자신도 홍로주 일곱 잔을 따라 마시고 초헌을 타고 나갔지. 이 모두 다 예전 일이 되어 버렸네그려. 요즘 서울의 어린 기생으로는 누가 가장 이름났는가?"

"작은아기라네."

"기둥서방은 누구지?"

"최박만이지."

"아침나절 상고당께서 사람을 보내어 나에게 안부를 물어 왔네. 듣자니 집을 둥구재 아래로 옮기고 대청 앞에는 벽오동 나무를 심어 놓고 그 아래에서 손수 차를 달이며 쇠돌이를 시켜 거문고를 탄다더구먼."

"쇠돌이는 지금 그 형제가 모두 이름을 떨치고 있다네."

"그런가? 그들은 김정칠의 아들일세. 나는 저들의 아비와 좋은 사이였거든."

이렇게 말하고 다시 서글퍼 하며 한참 있다가 말했다.

"이게 모두 내가 떠난 뒤의 일들이로군."

24

광문은 머리털을 짧게 자르기는 했지만 그래도 쥐꼬리처럼 땋아 내렸으며, 이가 빠지고 입이 틀어져 이제는 주먹이 들락거리지 못했다. 광문이 표철주더러 말했다.

"너도 이제는 늙었구나. 어떻게 해서 밥을 먹고사나?"

"집이 가난하여 집주릅이 되었다네."

"그럼 너도 이제는 가난을 면했겠구나. 아아! 옛날에는 네 집 재산이 여러 만금이었지. 그때는 너를 '황금 투구'라고 불렀는데 그 투구는 어디에다 두었는고?"

"이제야 나는 세상 물정을 알았다네."

광문이 껄껄 웃으며 말했다.

"네 꼴이 마치 '기술 익히자 눈 어두워진' 격이로구나."

그런 뒤로 광문이 어디서 어떻게 죽었는지 아무도 모른다고 한다.

- **홍로주(紅露酒)** 소주에 멥쌀로 만든 누룩과 계피 등을 넣고 우려 만든 약주.
- **초헌(軺軒)** 조선 시대에, 종이품 이상의 벼슬아치가 타던 수레. 긴 줏대에 외바퀴가 밑으로 달리고, 앉는 데는 의자와 비슷하며, 긴 채가 두 개 달려 있다.
- **상고당(尙古堂)** 당시 서울의 서화 감상가로 유명한 김광수(金光遂)의 호(號).
- **쇠돌이** 당시 거문고 명수로 알려진 김철석(金哲石).
- **집주릅** 집 흥정을 붙이는 일을 직업으로 가진 사람. 지금의 부동산 중개인이다.

예덕
선생전

스스로의 거룩함을
더러움으로 감추고

선귤자에게 '똥 치는 선생님'이라 부르는 벗이 있었다. 그는 종본탑 동쪽에 살면서 날마다 마을 안의 똥을 치며 지냈는데 사람들은 모두 그를 '엄 행수'라 불렀다. '행수'란 막일꾼 가운데 나이가 많은 사람을 높여서 부르는 이름이고, '엄'은 그의 성이다.

　어느 날, 선귤자의 제자인 자목이 따져 물었다.

　"지난날 선생님께서는 저에게 벗의 길에 대해 말씀해 주셨습니다. 그때 '벗이란 함께 살지 않는 아내요, 핏줄을 나누지 않은 아우와 같다.' 하셨지요? 그래서 저는 벗이란 이같이 소중한 것인 줄 알았습니다. 세상에 이름난 사대부들 가운데 선생님을 모시고 따라다니며 함께 놀기를 바라는 사람이 많았지만 선생님은 아무도 받아들이지 않았습니다. 반면에 저 엄 행수라는 이는 마을에서 가장 하찮은 막일꾼으로 보잘것없는 곳에 몸을 붙이고 남들이 부끄러워하는 일을 하며 사는 사람인데, 선생님은 자주 그의 덕을 칭송하여 선생이라 부르며 장차 그와 사귀고 벗하려 하시니 제자로서 몹시 부끄럽습니다. 그래서 저는 선생님의 가르침을 더 이상 받고 싶지 않습니다."

선귤자가 웃으며 말했다.

"거기 앉거라. 내가 너에게 벗 사귀는 법을 일러 주마. 속담에 '의원이 제 병을 못 고치고 무당이 제 굿을 못한다.' 했다. 사람마다 자기가 스스로 잘한다고 여기는 것이 있는데 남들이 몰라주면 답답해서 제 허물을 알고 싶어 한다. 그럴 때 잘하는 것만 늘어놓으면 아첨에 가까워 말맛이 없고, 잘못하는 것만 늘어놓으면 약점을 파헤치는 것 같아 무정해 보인다.

따라서 잘하지 못하는 일은 부드럽게 슬쩍 변죽만 울리고 제대로 꼬집지 않으면 아무리 크게 책망하는 뜻이 들어 있어도 상대는 화를 내지 않을 것이다. 이는 상대방의 꺼림칙한 곳을 건드리지 않았기 때문이다. 그러다가 비슷한 물건을 늘어놓고 숨긴 것을 알아맞히듯이 상대가 스스로 잘한다고 여기는 것을 은근슬쩍 말해 주면 상대는 마치 가려운 데를 긁어 준 것처럼 진심으로 감동할 것이다.

가려운 데를 긁어 주는 것에도 방법이 있는데, 등을 토닥일 때는 겨드랑이에 가까이 가지 말고 가슴을 어루만질 때는 목을 건드리지 말아야 한다. 뜬구름 같은 말을 하는 듯하면서도 그 속에 저를 칭찬하는 뜻이 감추어져 있다면 상대는 뛸 듯이 기뻐하며 저를 알아준다고 말할 것이다. 이렇게 벗을 사귄다면 좋겠느냐?"

자목은 귀를 막고 뒷걸음질을 치며 말했다.

"지금 선생님은 저잣거리 잡놈들이나 집안 하인 놈들이 하는 짓거리를 가지고 저를 가르치려 하시는군요."

선귤자가 말했다.

"그렇게 말하는 것을 보니 네가 부끄럽게 여기는 것이 앞의 것에 있지 않고 뒤의 것에 있구나. 무릇 저잣거리에서는 이득이냐 손해냐 하는 것으로 사람을 사귀고 얼굴을 맞대고는 아첨으로 사람을 사귀지 않느냐! 그래서 아무리 친한 사이라도 세 차례 손을 벌려 청하면 멀어지고, 아무리 묵은 원한이 있어도 세 차례 도와주면 친해지게 마련이지.

그러니 이득과 손해로 사귀면 오래가기 어렵고 아첨으로 사귀어도 오래갈 수가 없다네. 커다란 사귐은 꼭 얼굴을 마주해야 할 까닭이 없으며, 아름다운 벗은 꼭 가까이 두고 지낼 까닭이 없지. 다만 마음으로 사귀고 덕으로 벗하면 되는 것이니 이것이 바로 도의로 사귀는 길일세. 으뜸 벗은 천고의 옛사람과 사귀어도 아득하지 않고, 서로 만리나 떨어져 살아도 멀어지지 않는다네.

- **선귤자**(蟬橘子) 이덕무(李德懋, 1741~1793)의 호(號) 가운데 하나. 문집 《청장관전서》를 썼다.
- **종본탑**(宗本塔) 서울 종로 탑골공원에 있는 원각사지 십층석탑.
- **자목**(子牧) 이서구의 사촌동생이자 이덕무의 제자였던 이정구(李鼎九, 1756~1783).
- **등을 ~ 한다** 겨드랑이나 목처럼 건드리면 언짢을 수 있는 데를 건드리지 않도록 조심하라는 뜻이다.
- **네가 ~ 있구나** '앞의 것'은 잘못만을 책망해 무정해 보이는 것이고 '뒤의 것'은 잘못은 숨기고 잘한 것만 칭찬하는 것이다.

저 엄 행수란 사람은 일찍이 나에게 알아 달라고 보채지 않았지만 나는 언제나 그를 칭찬하고 싶어서 못 견뎠지. 밥을 먹을 때는 끼니마다 착실히 먹고, 길을 걸을 때는 걸음마다 조심스레 걷고, 졸음이 오면 쿨쿨 자고, 웃음이 나면 껄껄 웃고, 그냥 가만히 있을 때는 마치 바보처럼 보인다네. 흙담을 쌓아 풀로 덮은 움막에 조그만 구멍을 내어 놓고, 들어갈 때는 새우등을 해서 들어가고 잠잘 때는 개처럼 웅크리고 자지만, 아침이면 개운하게 일어나 삼태기를 지고 마을로 들어와 뒷간을 친다네.
　구월에 서리가 내리고 시월에 엷은 얼음이 얼면 뒷간에 말라붙은 사람 똥, 마구간의 말똥, 외양간의 소똥, 홰 위의 닭똥, 개똥, 거위 똥, 돼지 똥, 비둘기 똥, 토끼 똥, 참새 똥을 마치 주옥인 듯이 긁어 가는데, 그것이 염치에 흠이 되지 않지. 또한 똥을 모아 그 이익을 독차지해도 의로움에 해가 되지 않으며, 욕심을 부려 많이 차지하려 해도 양보하지 않는다고 나무라는 사람이 없다네.
　그는 손바닥에 침을 발라 삽을 잡고는 새가 모이를 쪼아 먹듯 꾸부

정히 허리를 구부려 일에만 매달릴 뿐, 아무리 화려한 볼거리라도 마음에 두지 않고 아무리 솔깃한 풍악이라도 마음을 빼앗기는 법이 없지. 부귀란 누구나 바라는 것이지만 바란다고 모두가 얻을 수 있는 것이 아니기에 부러워하지 않는 것이야. 그러니까 그를 칭송한다 해서 더 영예로울 것도 없고 헐뜯는다 해서 더 욕될 것도 없는 셈이지.

왕십리의 무, 살곶이의 순무, 석교의 가지·오이·수박·호박, 연희궁의 고추·마늘·부추·파·염교, 청파의 미나리, 이태인의 토란은 가장 좋은 밭에서 나는 것들이지. 모두 엄 씨의 똥을 가져다 써서 땅이 기름지고 채소가 잘 자랄 수 있으며, 해마다 그 수입이 육천 냥이나 된다네. 그러나 그는 아침에 밥 한 사발이면 넉넉하고 저녁이 되어서야 다시 한 사발을 먹을 뿐이라네. 남들이 고기를 먹으라고 권했더니 목구멍에 넘어가면 푸성귀나 고기나 배를 채우기는 마찬가진데 맛을 따져 무얼 하느냐고 대꾸하고, 반반한 옷이라도 좀 입으라고 권했더니 소매 넓은 옷을 입으면 몸에 익숙지 않고 새 옷을 입으면 더러운 흙을 짊어질 수 없다고 하더군.

해마다 정월 초하루 아침이나 되어야 비로소 의관을 갖추고 이웃을 두루 찾아다니며 세배를 하는데 세배를 마치고 돌아오면 곧바로 헌옷으로 갈아입고 다시 삼태기를 메고 마을 안으로 들어간다네. 엄 행수와 같은 이는 아마도 '스스로의 거룩함을 더러움으로 감추고 세속에 숨어 사는 큰 인물'이라 할 수 있겠지.

《중용》에 이르기를 '부귀를 타고나면 부귀하게 지내고 빈천하게 타고나면 빈천한 대로 지낸다.' 했으니 타고난다는 것은 이미 정해져 있음을 뜻한다네. 《시경》에는 또 '이른 새벽부터 늦은 밤까지 공무에 매달리니 진실로 운명이 한결같지 않도다.' 했으니 운명이란 사람의 분수를 말하는 것일세. 하늘이 사람을 낼 적에 저마다 분수가 있으니 운명을 타고난 이상 무슨 원망할 까닭이 있겠는가. 그런데 새우젓을 먹으면 달걀이 먹고 싶고 갈옷을 입으면 모시옷을 입고 싶게 마련이니 천하가 이로부터 크게 어지러워져 백성들이 들고일어나고 농토가 쑥대밭이 되는 것이지.

진승·오광·항적의 무리들은 그 뜻이 어찌 농사일에 머무를 사람들이었겠는가? 《주역》에 이르기를 '짐을 짊어져야 할 사람이 수레를 탔으니 도적을 불러들일 것이다.' 한 것도 이를 두고 한 말일세. 그러므로 의리에 맞지 않으면 아무리 높은 벼슬을 준다 해도 더러운 것이요, 아무런 힘도 들이지 않고 재물을 모아 엄청난 재산을 쌓는다 해도 그 이름에 썩는 냄새가 나지 않겠나? 그런 까닭에 사람이 죽으면 입속에다 구슬을 넣어 주어 평생을 깨끗하게 살았음을 나타내는 것일세.

엄 행수는 지저분한 똥을 날라다 주며 먹고살아 가니 더없이 더럽

● **살곶이** 서울 성동구에 있는 뚝섬의 옛 이름 중 하나.
● **석교(石郊)** 서울시 성북구 석관동 일대.
● **연희궁(延禧宮)** 서울시 서대문구 연희동 연세대학교 부근에 있던 별궁.
● **청파(青坡)** 서울시 용산구 청파동 일대.
● **이태인(利泰仁)** 서울시 용산구 이태원동 일대.
● **빈천(貧賤)** 가난하고 하찮음.
● **진승(陳勝)·오광(吳廣)·항적(項籍)** 진승과 오광은 진(秦)나라 때 함께 농민 항쟁을 일으킨 사람이고, 항적은 항우(項羽)이다.

다 하겠지만 그가 살아가는 방법은 지극히 향기로우며, 그가 몸담은 곳은 다시없이 지저분하지만 의리를 지키는 것에서는 지극히 높다 해야 마땅하니, 그 뜻을 미루어 보면 비록 높은 벼슬을 준다 해도 그가 어떻게 처신할지는 능히 알 만하다네.

이런 것들로 해서 나는 깨끗한 가운데도 깨끗하지 않은 것이 있고, 더러운 가운데서도 더럽지 않은 것이 있음을 알았다네. 나는 먹고사는 일에 아주 어려운 처지를 당하면 언제나 나보다 못한 사람을 떠올리게 되는데, 엄 행수를 생각하면 견디지 못할 일이 없었지. 진실로 마음속에 좀도둑질할 뜻이 없는 사람이라면 언제나 엄 행수를 생각하지 않을 수 없겠지. 이를 더 넓게 펴 나간다면 성인의 경지에도 이를 것일세.

선비로서 가난하게 산다고 해서 얼굴에까지 그런 티를 나타내는 것도 부끄러운 일이요, 출세했다 하여 몸짓에까지 거드름을 나타내는 것도 부끄러운 일이니, 엄 행수와 견주어 부끄러워하지 않을 사람은 아주 드물 것일세.

그래서 나는 엄 행수를 스승으로
모신다고 한 것이네. 어찌 감히 벗
하겠다고 말할 수 있겠는가. 이
런 까닭에 나는 엄 행수의
이름을 감히 부르지 못
하고 똥 치는 선생님
(예덕선생)이라 부
르는 것일세."

마음과 정신의 부자, 박지원

박지원은 틀에 얽매이지 않고 자유롭게 살면서 양반들의 허례와 고루함을
거침없이 꾸짖었습니다. 그는 당쟁이 싫어 벼슬을 떠나 곤궁하게 살았지만,
당대 최고의 학자들과 사귀며 마음과 정신의 부자로서 독특한 삶의 자취를
수놓았습니다. 날카로운 비판 정신과 개혁 정신으로 오늘을 살아가는 우리에게도
새로운 생각의 지평을 열어 주는 박지원은 과연 어떤 사람이었을까요?
그와 사귄 사람들과 그들의 삶을 통해 박지원 사상의 흐름을 가늠해 봅시다.

박지원의 호

"선생의 호 '연암'은 황해도 금천에 있는 골짜기 이름입니다. 속이 다 비칠 정도로 맑은
시냇물 위에 검푸른 절벽이 병풍처럼 둘러서 있고, 그 가운데 눈에 띄는 바위가 하나
있습니다. 항상 제비들이 둥지를 틀고 있어서 '연암(燕巖)'이라는 이름이 붙었죠. 언젠가
그곳에 가서 살리라 마음먹은 선생은, 그때부터 자신의 호를 연암이라 했습니다."

_ 이덕무

박지원의 초상

"할아버지께서는 눈매가 매섭고 몸집이 우람하셨다고 합니다. 그
런 체구로 무더운 팔월에 열하(熱河)에 가셨으니 무척 고생스러웠
을 것입니다. 그런데도 몸져눕지 않았으니 할아버지께서는 힘
과 기가 넘치는 분이셨나 봅니다. 또한 입을 열면 이내 강
한 겉모습은 부드럽고 쾌활한 분위기로 바뀌어, 듣는
이의 마음을 사로잡았다고 합니다."

_ 박지원의 손자 박주수

손자 박주수가 그린 박지원의 초상. 실제로 보고 그
린 것이 아니라 주변 사람들의 설명을 토대로 완성
했지만, 실물과 매우 닮았다는 평을 받았다.

박지원의 생애

1세 1737년, 한양 서쪽의 야동에서 반남 박씨 집안에 태어나다.

16세 이보천의 딸에게 장가를 들어 아내의 숙부를 스승으로 삼다. 사마천의 《항우본기》
를 본떠 《이충무공전》을 지었는데, 사마천 같은 글재주가 있다는 칭찬을 듣다.

21세 우울한 청년 시절을 《방경각외전》을 지어
달래고 신분을 뛰어넘는 우정을 소망하다.

23세 어머니가 돌아가시다.

24세 실질적 보호자이면서 정신적 지주였던
할아버지가 별세하시다.

《방경각외전》. 박지원의 문집 《연암
집》 중 한 권인 단편 소설집이다. 불
면증과 우울증에 시달리던 박지원이
이야기꾼을 불러다 들은 아홉 편의
이야기가 실려 있다. 떠돌이 거지,
몰락한 무반, 농부 따위의 하층민을
주요 대상으로 삼았다.

31세 지극히 봉양하던 아버지마저 돌아가시다.

32세 백탑 근처로 이사해 당대 최고 학자인 이덕무, 박제가, 유득공 등과 교유하다.

42세 뛰어난 글재주가 알려지면서 몇몇 세력가의 미움을 사 황해도 연암골로 몸을 숨기다.

44세 1780년, 서울로 돌아와 삼종형 박명원을
따라 청나라에 간 뒤 《열하일기》를 쓰다.

50세 처음으로 벼슬길에 나서다.

51세 아내를 잃다.

55세 안의 현감으로 부임해 《열녀함양박씨전》 등
여러 작품을 남기다. 《열하일기》의 문체가
세상을 시끄럽게 하다.

《열하일기》. 박지원이 청나라의 열하
를 여행하고 돌아와서 그곳 문인, 명
사들과의 교유 및 문물제도를 소상
하게 기록한 연행 일기이다. 정조는
이 책의 문체가 순정(醇正)하지 못하
다는 평을 했으나 많은 지식층에게
회자되었다.

61세 충청도 면천군의 군수가 되어 백성의 농사일
을 살피고 《과농소초》라는 농서를 써 토지
개혁을 제안하고 농법을 소개하다.

69세 1805년, 삶을 마치다.

《열녀함양박씨전》. 박지원이 지은 한
문 단편 소설. 과부의 개가를 금지한
사회 제도를 비판하며 여성의 인간
성을 긍정한 풍자 가득한 글이다.

박제가의 초상.

박지원의 우정

박제가(朴齊家, 1750~1805)

1770년에 과거 시험에서 장원을 하고도 회시에 응하지 않은 박지원은 자신이 벼슬살이와 어울리지 않는다고 생각하고 서얼 출신 인물들과 사귀었습니다. 특히 박지원은 일찍부터 자신을 흠모해 온 소년 박제가를 열세 살의 나이 차이도 아랑곳하지 않고 스스럼없이 만났습니다. 박제가는 박지원보다 2년 먼저 청나라에 다녀와서 자신이 보고 느낀 바를 《북학의》에 풀어놓았습니다. 생산 기술과 도구의 필요성을 뼈저리게 느낀 그는 청나라 문물을 받아들일 것을 주장했습니다. 이렇게 이용후생을 중시하는 '북학'을 박지원이 옹호하면서 둘은 서로를 성장시켜 나가며 북학파의 두 별이 되었습니다.

《북학의》는 1778년 박제가가 청나라의 풍속과 제도를 시찰하고 돌아와서 그 견문한 바를 쓴 책이다. 3개월의 청나라 여행 및 1개월여의 연경 시찰로 그동안 자신이 연구한 것과 직접 본 경험적 사실에 대한 자신의 견해를 더해 썼다.

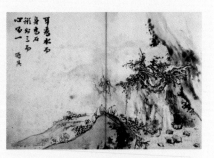

박제가의 〈의암관수도〉. 자연에서 마음을 닦는 즐거움을 벗과 함께 나누며 공감하는 그림이다. "귀는 물이 되고, 몸은 돌이 되었다. 생긴 모양은 셋이지만 마음은 하나이다."라는 글귀가 적혀 있다.

유득공(柳得恭, 1749~1807)과 이덕무(李德懋, 1741~1793)

박지원은 나이, 지위, 신분에 관계없이 뜻이 맞는 사람들과 사귀었습니다. 《발해고》를 짓고 발해를 우리 역사 속에 편입해야 한다고 주장한 유득공, 연경에서 유학하고 돌아와 고증학을 소개한 이덕무 등이 바로 그들입니다.

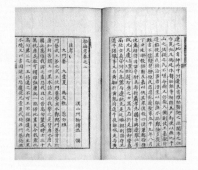

《발해고》. 1784년 유득공이 쓴 발해 역사책. 발해가 고구려의 후계자임을 분명히 밝혔다.

홍대용(洪大容, 1731~1783)

지구의 자전설과 혼천의로 유명한 18세기 최고의 과학 사상가 홍대용
은 박지원이 중국을 여행할 때 소개장을 써 줄 만큼 돈독한 우정을
나누었습니다. 박지원의 《열하일기》는 바로 이 여행의 산물입니다.
홍대용은 박지원이 당쟁 때문에 연암골로 피신했을 때도 얼룩소
두 마리, 농기구 다섯 가지, 줄 친 공책 스무 권, 돈 이백 냥을 마
련해 보내 주며 척박한 곳에서 고생하는 친구 박지원을 위로했습
니다. 이렇게 절친했던 홍대용은 음률의 천재이기도 했는데 그가
죽자, 박지원은 손수 장례를 치러 주었으며 그 뒤로는 더 이상
풍류를 즐기지 않았다고 합니다.

청나라 엄성이 그린 홍대용.

홍대용이 만든 혼천의. 천체의 운행과
위치를 관측하던 장치였다.

홍대용의 청 문물 견문록. 홍대용은 낙후된 조선을 개혁하기 위해
서는 청과의 교류가 필요하다고 주장했다.

백동수(白東脩, 1743~1816)

서자 출신인 백동수 또한 박지원의 빼놓을 수 없는 벗이
었는데, 무예가 출중하고 의협심이 대단한 인물이었습
니다. 백동수는 정조의 명을 받아 박제가, 이덕무와 더
불어 무예에 관한 책을 펴냈습니다. 스물네 가지 전투 기
술을 중심으로 한 실전 훈련서 《무예도보통지》는 박제가와
이덕무가 규장각 검서관으로 있을 때 편찬한 책으로 백동수
가 실기를 담당했습니다. 백동수는 과거를 포기한 박지원에게
연암골을 소개한 장본인이자 박지원과 주변 인물들을 엮어 주
는 시원스런 성격의 소유자였습니다.

《무예도보통지》.

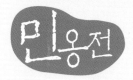

두려운 것으로는
나 자신만 한 것이 없다네

민 노인은 남양 사람이다. 그는 무신년 난리에 출정해 그 공으로 첨사가 되었지만 집으로 물러나 다시는 벼슬하지 않았다. 그는 어려서부터 똑똑하고 슬기로웠다. 남달리 옛사람들의 뛰어난 절개와 빼어난 자취를 우러러 마음을 다잡고 정신을 차렸으며, 그들의 전기를 읽을 때마다 탄식하며 눈물을 흘리지 않은 적이 없었다.

　일곱 살 때에는 벽에다 큰 글씨로 '항탁은 스승이 되었다.' 하고 썼으며, 열두 살 때에는 '감라는 장수가 되었다.'고 적었다. 열세 살 때에는 '외황 고을 아이가 유세를 했다.'고 썼으며, 열여덟 살 때에는 '곽거병이 기련산에 나갔다.'고 쓰고, 스물네 살 때에는 '항적이 강을 건넜다.'고 썼다. 마흔 살이 되었으나 더욱 이름을 날린 바가 없었기에 마침내 '맹자는 마음이 흔들리지 않았다.' 하고 크게 써 놓았다.

이렇게 해마다 쓰기를 게을리하지 않아 벽이 온통 새카맣게 되었다. 일흔 살이 되자 아내가,

"올해는 까마귀를 그리지 않나요?"

하며 조롱하자 노인은 기뻐하며,

"당신이 빨리 먹을 가시오."

하고는 마침내 이렇게 썼다.

'범증이 기발한 계책을 좋아했다.'

아내는 더욱 화를 내면서 말했다.

"계책이 아무리 기발한들 장차 언제 그것을 쓰시겠소?"

노인은 웃으면서 말했다.

"옛날 강태공은 여든 살이 되어서야 매처럼 날아올랐으니 지금 나는 그에 견주면 젊고 어린 아우뻘이 아니오?"

지난 계유년(1753)과 갑술년(1754)에 나는 열일곱, 열여덟 살을 지내며 오랜 병으로 지쳐 있었다. 집에 있으면서 노래나 그림, 옛날 칼, 거문고, 골동품과 여러 잡동사니에 취미를 붙이고 손님을 불러들여 우스개나 옛이야기로 마음을 가라앉히려고 애썼으나 답답함을 풀지 못했다. 이럴 즈음 어떤 이가 나에게 민 노인을 알려 주었다. 그는 기이한 선비로, 노래를 잘하며 이야기도 잘하는데 거침없고 기묘해 듣는 사람마다 후련해 하지 않는 사람이 없다고 했다. 나는 그 말을 듣고 너

무나 반가워 함께 와 달라고 청했다.

　노인이 찾아왔을 때 내가 마침 사람들과 풍악을 벌이고 있었는데, 노인은 인사도 하지 않고 물끄러미 피리 부는 사람을 보고 있더니 별안간 그의 따귀를 갈기며 크게 꾸짖었다.

　"주인은 즐거워하는데 어째서 너는 성을 내고 있느냐?"

　내가 놀라서 무슨 까닭이냐고 물으니 노인이 이렇게 말했다.

　"이놈이 눈을 부라리고 기를 쓰니 성낸 것이 아니고 무엇인가?"

　나는 크게 웃고 말았다. 노인이 말했다.

　"어찌 피리 부는 놈만 성낼 뿐인가. 젓대 부는 놈은 얼굴을 돌리고

- **무신년 난리** 영조 4년(1728) 소론이 영조의 정통성을 부인하며 경종의 원수를 갚으려고 일으킨 이인좌(李麟佐)의 난을 가리킨다.
- **첨사(僉使)** 조선 시대에 각 진영에 둔 종삼품 무관 벼슬인 첨절제사의 준말.
- **항탁은~되었다** 항탁(項橐)은 일곱 살에 공자의 스승이 되었다. 《전국책(戰國策)》〈진책(秦策)〉에 전한다.
- **감라는~되었다** 감라(甘羅)는 진(秦)나라 사람으로 열두 살에 조(趙)나라에 사신으로 가서 조나라가 진나라에 다섯 성을 바치고 섬기도록 만들었다. 《사기(史記)》〈감무열전(甘茂列傳)〉에 나온다.
- **외황~했다** 외황(外黃) 고을의 열세 살 난 소년이 항우(項羽)를 설득해 위기에 빠진 고을을 살렸다. 《사기》〈항우본기(項羽本紀)〉에 나온다.
- **곽거병이~나갔다** 곽거병(霍去病)이 열여덟 살에 대장군 위청을 따라 표요교위(剽姚校尉)가 되어 흉노족을 공격해 공을 세웠다. 《사기》〈장군표기열전(將軍驃騎列傳)〉에 전한다.
- **항적이~건넜다** 항적(項籍)은 스물네 살에 강동(江東)의 젊은이를 거느리고 오강(烏江)을 건너가 중국 천하를 휩쓸었다. 《사기》〈항우본기〉에 나온다.
- **맹자~않았다** 《맹자(孟子)》〈공손추(公孫丑)〉 상편에 나온다.
- **일곱~되었다** 역사에 이름을 남긴 사람이 해마다 제 나이 때 무엇을 했는지 살피며 자기의 삶을 뉘우쳤다는 뜻이다.
- **범증이~좋아했다** 범증(范增)은 일흔 살에 항우의 숙부인 항량(項梁)을 찾아가 진(秦)나라에 빈란을 일으키도록 기발한 권고를 했다. 《사기》〈항우본기〉에 나온다.
- **강태공은~날아올랐으니** 《시경(詩經)》〈대아(大雅)〉 편에 강태공이 주(周)나라 무왕(武王)을 도와 은(殷)나라를 정벌한 사실을 노래하여 '태사 상보는 그때 매가 날아오르듯 했다네.' 하는 구절이 있다.

우는 듯하고, 장구 치는 놈은 시름하듯 얼굴을 찌푸리고, 온 좌중은 입을 다문 채 크게 두려워하는 듯이 앉아 있고, 종들은 마음대로 웃거나 떠들지도 못하니, 이러고서 어찌 풍악이 즐거울 수가 있겠는가!"

나는 당장 풍악을 걷어치우고 노인을 자리에 맞아들였다. 노인은 키가 아주 작았으며 하얀 눈썹이 눈을 내리덮고 있었다. 그는 스스로 이름은 유신(有信)이며 나이는 일흔셋이라 소개하고는 이내 나에게 물었다.

"그대는 무슨 병인가? 머리가 아픈가?"

"아니올시다."

"배가 아픈가?"

"아니올시다."

"그렇다면 병이 든 게 아니로구면."

그러고는 곧장 창문을 열고 들창을 올리니 바람이 솔솔 들어와 마음속이 예전과는 아주 다르게 후련해졌다. 그래서 노인에게 말했다.

"제 병은 단지 밥을 잘 먹지 못하고 잠을 잘 자지 못하는 것입니다."

그러자 노인은 일어나서 나에게 축하를 하는 것이었다. 나는 놀라서 물었다.

"어찌하여 저에게 축하를 하는 것입니까?"

노인이 말했다.

"그대는 집이 가난한데 마침 밥을 잘 먹지 못하니 재산이 남아 돌 테고, 잠을 못 잔다면 밤까지 사는 것이니 남보다 곱절을 사는 셈이 아닌가. 재산이 남아돌고 남보다 곱절을 살면 오복 가운데 오래 사는 복(壽)과 재물 복(富), 이 두 가지는 이미 갖춘 셈이 아닌가."

조금 뒤에 밥상이 들어왔다. 내가 신음 소리를 내며 인상을 찌푸리고 음식을 들지 못한 채 이것저것 집어서 냄새만 맡고 있었더니, 노인이 갑자기 성을 내며 일어나 돌아가려고 했다. 내가 놀라 노인에게 어째서 화를 내고 떠나려 하느냐고 물었더니 이렇게 대답했다.

"그대가 손님을 불러 놓고는 식사를 차려 내오지도 않고 혼자만 먼저 먹으려 드니 예의가 아니지 않은가?"

내가 사과를 한 뒤 노인을 주저앉히고는 빨리 식사를 차려 오게 했더니 노인은 조금도 사양하지 않고 팔뚝을 걷어 올린 다음 수저를 시원스레 놀려 음식을 먹어 대는 것이었다. 그 모습을 보자 나도 모르게 입에서 군침이 돌고 막혔던 가슴과 코가 트이면서 예전과 같이 밥을 먹을 수 있었다.

밤이 되자 노인은 눈을 내리감고 꼿꼿이 앉아 있었다. 내가 얘기를 좀 하자고 했으나 노인은 더욱 입을 다문 채 말을 하지 않아 나는 꽤나 답답했다. 이렇게 한참이 지나자 노인이 갑자기 일어나 촛불을 돋우면서 이렇게 말했다.

"내가 어릴 적에는 눈만 스쳐도 바로 외워 버렸는데 이제는 늙었소
그려. 그대와 약속하여 평소에 못 보던 글을 두세 차례 눈으로 읽어
보고 나서 외우기로 하세. 만약 한 자라도 틀리면 약속대로 벌을 받기
로 하고……."

나는 노인의 나이를 업신여겨 말했다.

"좋소. 그렇게 합시다."

우리는 곧장 책꽂이 위에 얹힌 《주례》를 뽑아 들었다. 노인은 〈고공
기〉를 집어 들었고 나는 〈춘관〉 편을 집어 들었는데 조금 지나자 노인
이 큰소리를 쳤다.

"나는 벌써 다 외웠네."

그때 나는 미처 한 차례도 다 내리읽지 못한 터라 놀라서 노인에게
잠시 기다리라고 했다. 하지만 노인이 자꾸 말을 걸고 방해를 해서 더
욱 외우기가 어려웠다. 그러는 사이에 잠이 와서 나는 그만 잠들고 말
았다. 이튿날 날이 밝자 나는 노인에게 물었다.

"어젯밤에 외운 것을 기억할 수 있겠습니까?"

노인은 웃으며 말했다.

"나는 처음부터 아예 외우지 않았다네."

하루는 밤에 노인과 더불어 얘기를 나누고 있었다. 노인은 둘러앉은 사람들을 놀리기도 하고 꾸짖기도 했는데 그를 막아 낼 사람이 아무도 없었다. 그러다가 그들 가운데 한 사람이 노인을 궁지에 몰아넣으려고 물었다.

　"노인은 귀신을 본 일이 있소?"

　"보았지."

　"귀신이 어디 있습디까?"

　노인이 눈을 부릅뜨고 물끄러미 둘러보다가 손님 하나가 등잔 뒤에 앉아 있는 것을 보고는 크게 외쳤다.

　"귀신이 저기 있지 않소?"

　그 손님이 성을 내며 달려들자 노인이 말했다.

　"밝은 데 있는 것은 사람이요 컴컴한 데 있는 것은 귀신인데, 지금 그대는 어두운 데 앉아서 밝은 데를 보며 제 모습을 감추어 엿보고 있었으니 귀신이 아니고 무엇이오?"

　그러자 모든 사람이 함께 크게 웃었다. 또 한 손님이 물었다.

　"노인은 신선을 본 일이 있소?"

　"보았지."

　"신선이 어디에 있던가요?"

　"가난뱅이가 모두 신선이지. 부자는 늘 세상에 매달리지만 가난뱅이는 늘 세상에 싫증을 느끼거든. 세상에 싫증을 느끼는 사람이 신선이 아니고 무엇이겠는가."

　"노인은 나이 많이 먹은 사람을 보았소?"

"보았지. 내가 아침나절 숲 속에 갔더니 두꺼비와 토끼가 서로 나이
가 많다고 다투고 있더군. 토끼가 두꺼비에게 하는 말이 '나는 팽조와
동갑이니 너는 나보다 늦게 태어났다.' 하니까 두꺼비가 고개를 푹 숙
이고 울더군. 토끼가 놀라 '왜 그렇게 슬퍼하느냐?' 하고 묻자 두꺼비
가 말했지. '나는 동쪽 이웃집 어린애와 동갑인데 그는 다섯 살에 글
을 배워 책을 읽었다네. 그 애는 목덕으로 태어나서 섭제격으로 왕조

● **팽조**(彭祖) 팔백 살까지 산 전설 속의 인물. 갈홍(葛洪)의 《신선전》, 유향(劉向)의 《열선전》에 실려 있다.
● **그~ 시작한** 《십팔사략(十八史略)》 첫머리에 '천황씨(天皇氏)는 목덕(木德)으로 왕이 되니 세성(歲星, 목
성)이 섭제(攝提, 동북방)에 나타났다.' 했는데, 그 애가 《십팔사략》을 읽었으니 중국이 처음 시작되던 때
에 이미 살았다고 풀이한 것이다.

를 시작한 뒤로 여러 왕대를 거쳤네. 그 뒤로 주나라의 왕통이 끊어짐으로써 온전한 역사책 한 권이 이루어졌고, 마침내 진나라로 이어졌다가 한나라와 당나라를 거친 다음, 아침에는 송나라 저녁에는 명나라인 시절을 거쳤지. 그러는 동안에 갖가지 일을 다 겪으면서 기뻐하기도 하고 놀라기도 했으며 죽은 이를 조문하기도 하고 장례를 치르기도 하면서 지금까지 지루하게 이어져 왔다네. 그런데도 귀와 눈이 밝고 이빨과 머리털이 갈수록 자라나니 나이로 말하자면 이 어린애만큼 많은 사람이 있겠는가. 팽조는 기껏 팔백 년을 살고 요절하여 여러 시대를 겪지 않았고, 일도 오래 겪지 않았기에 내가 슬퍼한 것일세.' 토끼가 이 말을 듣고는 거듭 절하고 뒤로 물러나 달아나면서 '너는 내 할아버지뻘이다.' 했다네. 미루어 보건대 글을 많이 읽은 사람이 가장 오래 산 사람이 될 걸세."

"노인은 세상에서 가장 맛있는 것을 보았소?"

"보았지. 달마다 그믐이 되어 썰물이 빠지고 갯벌이 드러나면 그 땅을 갈아 소금밭을 만들고 소금 흙을 굽는데, 알갱이가 거친 것은 수정 염이 되고 가는 것은 소금 염이 된다네. 온갖 음식 맛을 내는 데는 소금만 한 것이 어디 있겠는가."

모인 사람들이 입을 모아 말했다.

"참으로 좋은 말입니다. 그러나 불사약은 노인도 보지 못했을 것입니다."

노인은 빙그레 웃으며 말했다.

"그거야 내 아침저녁으로 늘 먹는 것인데 어찌 못 보았겠는가? 깊은 산골짜기 반송에 맺힌 감로가 땅에 떨어져 천 년이 지나면 복령이 되지. 인삼은 영남에서 나는 것이 으뜸인데 모양이 아름답고 붉은빛을 띠며, 사지를 갖추고 어린이처럼 쌍상투를 틀고 있지. 구기자는 천 년이 되면 사람을 보고 짖는다 하네.

　내가 이것들을 먹은 다음, 백 일가량 아무것도 먹지 않은 채 지냈더니 숨이 차면서 곧 죽을 것만 같았다네. 이웃 할머니가 와서 보고는 한숨을 지으며 말했네. '그대는 주림 병에 들었소. 옛날 신농씨는 온갖 풀을 맛본 다음에야 비로소 오곡의 씨를 뿌렸소. 무릇 병을 낫게 하는 것은 약이고 주림을 고치는 것은 밥이니 그대의 병은 오곡이 아니면 낫지 않겠소.' 그러고는 밥을 지어 먹여 주는 바람에 죽지 않았지. 불사약으로는 밥만 한 것이 없다네. 나는 아침에 밥 한 사발, 저녁에 밥 한 사발로 지금껏 이미 일흔 해를 살았다네."

　민 노인은 말을 할 때 길게 늘어놓고 이리저리 둘러대지만 어느 것 하나 올바로 들어맞지 않는 것이 없었으며, 그 속에는 언제나 풍자가 담겨 있었으니 달변가라 할 만했다. 손님이 노인에게 물을 말이 떨어져 더 따질 수 없자 마침내 분이 올라 이렇게 말했다.

　"노인도 역시 두려운 것을 보았겠지요?"

● 주나라의~이루어졌고 상고대부터 주나라 때까지 정통 왕조의 역사를 두루 읽었다는 뜻이고, 온전한 역사 책이란 《춘추》를 가리킨다.
● 반송에~되지 송진이 땅에 스며 천 년을 지나면 복령(茯靈)이 되고, 복령이 오래 되면 호박(琥珀)이 된다고 한다.
● 오곡(五穀) 다섯 가지 중요한 곡식. 쌀, 보리, 콩, 조, 기장을 이른다.

노인이 말없이 한참 있다가 소리를 버럭 지르면서 말했다.

"두려운 것으로는 나 자신만 한 것이 없다네. 내 오른 눈은 용이 되고 왼 눈은 범이 되며, 혀 밑에는 도끼가 들었고, 팔목은 활처럼 휘었으니 깊이 잘 생각하면 갓난아기처럼 깨끗한 마음을 지니겠으나 생각이 조금만 어긋나도 오랑캐가 되고 만다네. 이를 다스리지 않으면 장차 제 스스로를 잡아먹거나 물어뜯고 쳐 죽이거나 베어 버릴 것이야. 이런 까닭에 성인은 사악한 마음을 이겨서 예로 돌아간 것이며 사악함을 막아 참된 자신을 보존한 것이니, 나는 내 스스로를 두려워하지 않은 적이 없다네."

여러 가지 어려운 것을 물어보아도 모두 메아리처럼 재빨리 대답해 끝내 아무도 그를 궁지에 몰아넣지 못했다. 자신에 대해서는 추어올리기도 하고 칭찬하기도 하면서, 곁에 있는 사람은 놀리기도 하고 업신여기기도 했다. 사람들이 노인의 말을 듣고 배꼽을 잡고 웃어도 노인은 낯빛 하나 바꾸지 않았다. 누가 말했다.

"황해도에는 황충이 들끓어 관청에서 백성을 풀어 잡느라 야단이라 합니다."

노인이 물었다.

"황충을 뭐하려고 잡는고?"

"이 벌레는 크기가 첫잠 잔 누에보다 작으며 색깔은 알록달록하고

● 성인은~돌아간 극기복례(克己復禮), 《논어(論語)》〈안연(顔淵)〉 편에 나오는 말이다.
● 사악함을~보존한 한사존성(閑邪存誠), 《주역(周易)》〈건괘(乾卦)〉 풀이에 나오는 말이다.

털이 나 있습니다. 날아다니는 것을 명(螟)이라 하고 벼 줄기에 기어오르는 것을 모(蟊)라 하는데, 벼농사에 큰 해를 끼치므로 이를 멸구라 부릅니다. 그래서 잡아다 파묻을 작정이지요."

이렇게 대답하자 노인이 말했다.

"이런 작은 벌레들은 걱정할 거리도 못 된다네. 내가 보기에 종로 앞 길을 가득 메우고 있는 것들이 있는데 이것들이 모두 황충이야. 길이는 모두 일곱 자 남짓하고 머리는 까맣고 눈은 반짝거리며, 입은 커서 주먹이 들락날락할 만한데 웅얼웅얼 소리를 내고, 꾸부정한 모습으로 줄줄이 몰려다니며 곡식이란 곡식은 모조리 해치우지. 그래서 내가 잡으려고 했지만 그만큼 큰 바가지가 없어서 아쉽게도 잡지 못했다네."

그러니까 모여 있던 사람들이 모두 정말로 그런 벌레가 있는 줄 알고 크게 무서워했다. 하루는 노인이 오는 때에 맞추어 내가 멀찍이 바라보다가 파자로 '춘첩자 방제(春帖子 狵啼)'라 써서 장난을 걸었더니 그가 웃으며 이렇게 말했다.

"춘첩자란 '문에 붙이는 '글'이니 바로 내 성 민(閔)이요, '방(狵)'은 늙은 개를 뜻하니 바로 나를 욕하자는 것이구먼. '제(啼)'는 우는 것이니 늙은 개가 울면 듣기가 싫은데 내 이가 다 빠져 말소리가 제대로 나지 않는 것을 비꼬며 놀리는 것이로군. 아무리 그렇다 해도 그대가 늙은 개를 무서워한다면 개 견 변(犭)을 떼어 버리면 될 것이고, 또 우는 소리가 싫으면 입 구 변(口)을 막아 버리면 그만이지. 무릇 제(帝)란 조화를 부리고 방(尨)은 큰물을 가리키니 제(帝) 자에 방(尨) 자를 붙이면 조화를 일으켜 큰 것이 되니 바로 용(龓)이라네. 그렇다면 이는 그대가

54

나를 욕한 것이 아니라 나를 칭송한 것이 되어 버리지 않았나!"

　이듬해에 노인이 죽었다. 노인이 비록 기발하고 거침없이 살았지만 천성이 곧고 착한 일 하기를 좋아한 데다 《주역》에 밝고 노자의 말을 좋아했으며 책이란 책은 안 본 것이 없었다 한다. 두 아들이 무과에 급제했으나 아직 벼슬은 받지 못했다. 올가을에 내 병이 도졌으나 이 제는 다시 민 노인을 볼 수 없게 되었다. 이에 나와 함께 주고받은 농 담과 우스개, 이야기와 풍자 따위를 기록하여 민 노인 이야기를 지었 다. 때는 정축년(1757) 가을이다. 그리고 나는 민 노인을 위해 다음과 같은 추도문을 지었다.

　아아, 민 노인이시여! 괴상하고 기이하며, 놀랍고 기막히며, 기뻐함 직 도 하고 성냄 직도 하며, 게다가 밉살스럽기도 하구려. 벽에 그린 까마 귀가 매가 되지 못하듯 노인은 뜻있는 선비였으나, 늙어 죽도록 마음에 품은 바를 베풀지 못했기로 내가 이야기로 만들었으니, 아아 죽었으나 죽지 않으리!

● **파자**(破字) 한자를 쪼개서 엉뚱한 뜻으로 쓰는 선비들의 장난.

양반전

장차 나더러 도적놈이 되라는 말입니까

양반이란 선비를 높여 부르는 말인데, 강원도 정선 고을에 한 양반이 살았다. 어질고 글 읽기를 좋아했으므로 군수가 새로 부임하면 반드시 몸소 그의 집에 가서 인사를 했다. 그러나 집이 가난해서 해마다 관청의 환곡을 빌려 먹다 보니 그것이 쌓여서 빚이 일천 섬에 이르렀다. 관찰사가 고을을 돌면서 정사를 살피다가 환곡 출납을 조사해 보고 크게 노했다.

"어떤 놈의 양반이 군량미를 이렇게 축냈단 말인가?"

군수는 양반을 잡아 가두라고 명령을 내렸지만 그 양반이 가난해 갚을 길이 없음을 속으로 안타깝게 여겨 어쩔 수 없이 가두지는 못했다. 양반이 어쩔 줄을 모르고 밤낮으로 훌쩍훌쩍 울기만 하니 그의 아내가 역정을 냈다.

"당신은 평소에 그렇게도 글을 잘 읽었지만 환곡을 갚는 데에는 아무런 쓸모가 없구려. 쯧쯧, 양반이라니! 한 푼도 못 되는 그놈의 양반!"

마침 그 마을에 사는 부자가 소문을 듣고 식구들과 의논을 했다.

"양반은 아무리 가난해도 늘 높고 귀하며 우리는 아무리 잘살아도 늘 낮고 천하다. 감히 말도 타지 못할 뿐 아니라 양반을 보면 움츠려 숨도 제대로 못 쉬고 뜰아래 엎드려 절해야 하며, 코를 땅에 박고 무릎으로 기어가야 한다. 우리는 이와 같이 욕을 보며 사는 신세다. 지금 저 양반이 환곡을 갚을 길이 없어 어려움을 이만저만 겪는 것이 아닌 모양이다. 아무래도 양반의 신분을 지키기 어려울 듯하니 우리가 그 양반을 사서 가져 보자."

부자가 양반의 집 대문 앞에 나아가 환곡을 갚아 주겠다고 청하니 양반이 반가워하며 그렇게 하라고 했다. 부자는 당장에 양반의 환곡을 관청에 바쳤다. 군수가 크게 놀라 웬일인가 하며 그 양반이 어떻게 해서 환곡을 갚았는지 알아보고 싶어 찾아갔다. 그런데 그 양반이 벙거지를 쓰고, 잠방이를 입고, 길에 엎드려 '소인', '소인' 하면서 감히 쳐

다보지도 못하는 것이 아닌가!
군수가 깜짝 놀라 내려가 부축
해 일으키며 물었다.

"그대는 어째서 이런 짓을 하
시오?"

양반이 더욱더 벌벌 떨며 머리
를 조아리고 땅에 엎드리며 대답했다.

"황송하옵니다. 소인 놈이 제 몸을 낮추려는 것이 아니라 환곡을
갚느라고 이미 제 양반을 팔았기 때문에 이리하는 것입니다. 이제부
터는 우리 마을 부자가 양반입니다. 소인이 어찌 감히 지난날 쓰던 이
름을 함부로 쓰면서 스스로 높은 척하오리까?"

군수가 놀라워하며 말했다.

"군자로다, 부자여! 양반이로다, 부자여! 부자로서 인색하지 않았으
니 옳음이요, 남의 어려움을 돌보았으니 어짊이요, 낮은 것을 싫어하
고 높은 것을 바랐으니 슬기로움이로다. 이런 사람이야말로 참으로 양
반이 아니겠는가! 아무리 그렇기는 하지만 양반을 사사로이 사고팔았

* **환곡(還穀)** 조선 시대에 곡식을 고을 창고에 저장했다가 백성들에게 봄에 꿔 주고 가을에 이자를 붙여 거
  두던 일. 또는 그 곡식.
* **한 푼도~양반** 옛날 돈의 단위로, 열 '냥'이 한 '푼'이었다. '양반'이면 한 냥 반이라는 소리니 한 푼보다 아주
  적은 셈이다.
* **벙거지** 궁중 또는 양반가의 하인이 쓰던 모자.
* **잠방이** 남자의 짧은 홑바지.

59

을 뿐 아무런 증서도 만들지 않았으니 이는 소송의 빌미가 될 것이다. 그러니 고을 백성들을 모아 증인으로 세우고 증서를 만들어 누구나 믿을 수 있도록 해야겠다. 군수인 나도 당연히 손수 수결을 할 것이다."

군수는 관아로 돌아와 고을 안의 선비와 농사꾼, 장인바치와 장사치 들을 모조리 불러다 뜰 앞에 모았다. 부자는 향소의 오른쪽에 앉히고, 양반은 공형의 아래에 세우고, 다음과 같이 증서를 만들었다.

건륭 10년(영조 21년, 1745) 9월 어느 날, 아래 문서는 양반을 값에 쳐서 팔아 환곡을 갚기 위한 것으로써 그 값은 일천 섬이다.

도대체 양반은 이름이 여러 가지다. 글만 읽는 양반은 선비라 하고, 벼슬하는 양반은 대부라 하고, 덕이 있는 양반은 군자라 한다. 무관이면 서쪽으로 줄을 서고 문관이면 동쪽으로 줄을 서는 까닭에 이것을 양반이라 한다. 그대는 어느 쪽이든 마음대로 좇을 수가 있다.

더러운 일을 끊어 버리고, 옛사람을 우러르며, 뜻을 아름답게 지니고, 오경이면 일어나 유황에다 불붙여 기름등잔을 켜고, 눈은 코끝을 내려다보며, 발꿈치를 괴고 앉아, 얼음 위에 박 밀듯이 《동래박의》를 줄줄 외워야 한다. 주림을 참고, 추위를 견디고, 가난 타령을 하지 말며, 어금니를 마주 치고, 머리 뒤를 손가락으로 퉁기며, 침을 입안에 머금고 가볍게 양치질하듯 한 뒤 삼키며, 옷소매로 휘양을 닦아 먼지를 털어 털 무늬를 일으키며, 세수할 적엔 주먹으로 벼르듯이 하지 말고, 냄새 없게 이를 잘 닦고, 길게 빼는 소리로 종을 부르며, 느린 걸음으로 신발을 끌듯이 걸어야 한다. 《고문진보》와 《당시품휘》를 깨알같이 베껴 쓰되 한 줄에 백 자씩 쓴다. 손에 돈을 쥐지 말고, 쌀값도 묻지 말고, 날이 더워도 맨발로 다니지 말고, 맨상투로 밥상 받지 말고, 밥보다 먼저 국을 먹지 말고, 소리 내어 마시지 말고, 젓가락 방아를 찧지 말고, 생파를 먹지 말고, 술 마신 뒤 수염을 빨지 말고, 담배 필 때 턱이 비틀어지도록 빨지 말고, 분이 치밀어도 아내를 치지 말고, 성이 나도 그릇을 차지 말고, 아이들에게 주먹질을 하지 말고, 종을 돼져라 나무라지 말고, 마소를 꾸짖을 때 그것을 판 주인까지 싸잡아 욕하지 말고, 병이 나도 무당을 부르지 말고, 제사에 중을 불러 재(齋)를 올리지 말고, 화롯불에 손을 쬐지 말고, 말할 때 이를 드러내 침을 튀기지 말고, 소를 잡지 말고, 도박을 하지 말라. 여기 적힌 모든 행실에서 양반에게 어긋난 것이 있으면 증서를 가지고 관청에 와서 바로잡을 것이니라. 고을 주인 정선 군수가 수결하고, 좌수와 별감이 증인으로 서명한다.

- **수결**(手決) 자기의 성명이나 직함 아래에 도장 대신에 자필로 글자를 직접 쓰던 일. 또는 그 글자.
- **장인바치** 손으로 무엇을 만드는 사람을 낮춰 이르는 말.
- **향소**(鄕所) 고을 수령의 자문 기관으로, 여기서는 향청(鄕廳)의 좌수(座首)와 별감(別監)을 이른다.
- **공형**(公兄) 서리(胥吏) 가운데 가장 으뜸인 호장(戶長), 이방(吏房), 수형리(首刑吏)를 말한다.
- **무관이면~서는** 궁궐에 의식이 있으면 무관과 문관이 서편과 동편으로 갈라서 줄을 섰다.
- **오경**(五更) 새벽 세 시에서 다섯 시 사이.
- 《**동래박의**(東萊博議)》 중국 남송(南宋)의 여조겸(呂祖謙)이 지은 책으로, 과거 시험에 도움이 된다고 중국과 조선에서 널리 읽었다.
- 《**당시품휘**(唐詩品彙)》 중국 명나라 고병(高棅)이 당나라 시 5,700여 수를 형식별로 엮어 펴낸 책.

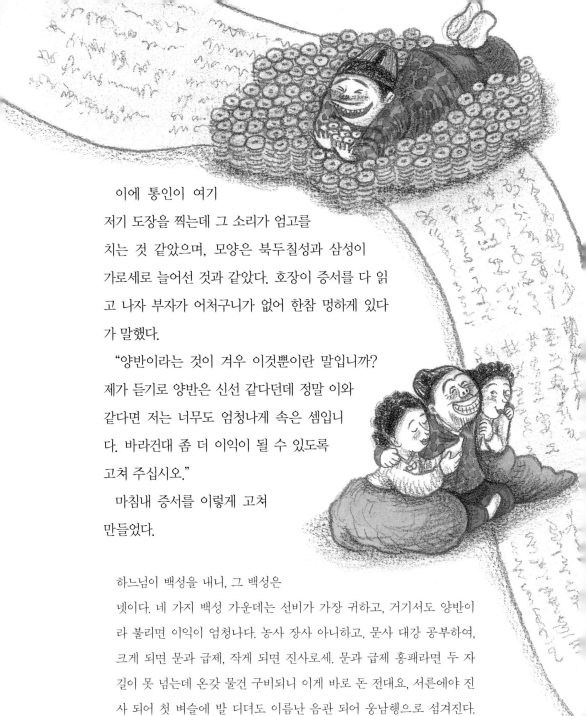

　이에 통인이 여기
저기 도장을 찍는데 그 소리가 엄고를
치는 것 같았으며, 모양은 북두칠성과 삼성이
가로세로 늘어선 것과 같았다. 호장이 증서를 다 읽
고 나자 부자가 어처구니가 없어 한참 멍하게 있다
가 말했다.
　"양반이라는 것이 겨우 이것뿐이란 말입니까?
제가 듣기로 양반은 신선 같다던데 정말 이와
같다면 저는 너무도 엄청나게 속은 셈입니
다. 바라건대 좀 더 이익이 될 수 있도록
고쳐 주십시오."
　마침내 증서를 이렇게 고쳐
만들었다.

　하느님이 백성을 내니, 그 백성은
넷이다. 네 가지 백성 가운데는 선비가 가장 귀하고, 거기서도 양반이
라 불리면 이익이 엄청나다. 농사 장사 아니하고, 문사 대강 공부하여,
크게 되면 문과 급제, 작게 되면 진사로세. 문과 급제 홍패라면 두 자
길이 못 넘는데 온갖 물건 구비되니 이게 바로 돈 전대요, 서른에야 진
사 되어 첫 벼슬에 발 디뎌도 이름난 음관 되어 웅남행으로 섬겨진다.

일산 바람에 귀가 희고 설렁줄에 배 처지며, 방 안에 널린 귀걸이 예쁜 기생 몫이 되고 뜨락에 흘린 곡식 두루미 모이로다. 궁한 선비 시골 살면 나름대로 횡포 부려 이웃 소로 밭을 갈고 일꾼 뺏어 김을 맨들 누가 나를 거역하리. 네놈 코에 잿물 붓고 상투 잡아 도리질하고 귀밑 나룻 다 뽑아도 감히 원망 못하니라.

부자가 증서 내용을 듣고 있다가 혀를 내두르며 말했다.
"그만두시오! 그만두시오! 참으로 맹랑한 일입니다! 장차 나더러 도적놈이 되라는 말입니까?"
그러고는 머리를 흔들며 뛰쳐나가서 죽을 때까지 다시는 양반의 일을 입에 담지 않았다.

- **통인**(通引) 관가에서 잔심부름을 하는 아전.
- **엄고**(嚴鼓) 임금이 행차할 때 치던 큰북.
- **모양은~같았다** 북쪽 하늘에 일곱 별이 세로로 늘어선 것이 북두칠성이고, 서쪽 하늘에 세 별이 가로로 늘어선 것이 삼성이다.
- **옹남행**(雄南行) 조상 덕으로 거저 얻어 하는 높은 벼슬.
- **일산~처지며** 벼슬아치는 행차 때에 지금의 양산과 같은 일산을 받쳐 햇볕을 쏘이지 않으므로 귀가 희어지고, 일을 시킬 때 설렁줄을 당기면 사람이 달려오므로 편해서 배에 살이 찐다는 뜻이다.

너 양반? 나도 양반!

박지원은 〈호질〉, 〈양반전〉 같은 작품에서 사회적으로 지위가 낮은 사람들의 현실적인
삶을 통해 무능한 양반의 모습을 날카롭게 비판합니다. 임진왜란과 병자호란을 겪은
혼란스러운 상황에서 양반이 제대로 공부하고 올바로 살아간다면 세상을 뒤흔드는
소용돌이를 조용히 잠재울 수 있다는 심중을 내보인 것입니다. 같은 양반이면서도
그들을 비판할 수밖에 없었던 박지원이 바라본 조선 후기 양반의 삶은 어땠을까요?

곤두박질치는 양반의 지위

18세기, 조선 후기에 들어서면서 양반 신분은 이전처럼
굳건히 유지되지 못하고 흐트러집니다. 특정 당파가 권력
을 독점하는 벌열(閥閱) 정치나 외척 가문이 정권을 장악
하는 세도(勢道) 정치가 시작되면서 몇몇 가문에 관직이
집중되는 현상이 나타납니다. 관직의 수가 한정된
상황에서 다른 많은 가문이 관직에 나아
갈 기회를 빼앗기고, 과거 급제자나 벼
슬하는 사람을 내지 못하는 양반 가
문이 늘어납니다. 권력을 갖지 못한
양반들은 결국 자연스럽게 특권이
나 권위를 잃었고 점점 그 지위마저
떨어지는 처지가 되었습니다.

양반에서 잔반으로

같은 양반이라고 해도 어떤 벼슬살이를 하는가, 재산은 얼마나 있는가,
가문의 배경이 얼마나 든든한가에 따라 양반의 처지가 달라졌습니다. 몇 대
째 벼슬이 없어 지방으로 내려와 사는 양반 가운데는 토지를 잃고 소작농
으로 전락한 사람들도 있었는데, 이들은 비록 양반 신분이라고 해도 더
이상 양반으로서의 위신을 유지할 수 없었습니다. 이들을 몰락 양
반 또는 잔반(殘班)이라고 불렀지요. 연암이 〈허생전〉이나 〈양반
전〉에서 그려 보이는 주인공들의 어려운 처지는 바로 이러
한 역사적인 상황을 형상화한 것입니다.

서얼들의 반격

반면 양반과 견주어 뚜렷하게 차별을 받던 서얼이나 중인 들은 차츰 자신들의 권리를 주장하며 신분 상승을 꾀했습니다. 이들은 자신을 얽어매는 오래되고 낡은 제약들을 걷어내고 법적으로 양반 신분을 인정받습니다. 그러고는 세금을 면제받고 향촌의 향회 운영에 참여했습니다. 이들은 고을 수령을 적극적으로 도우면서 세금을 걷고 아전들과도 협력해 옛 양반들을 점점 밀어냈습니다.

평민들의 진격

조선 후기에는 농업 생산력이 크게 늘어나고 상업과 수공업이 활발해지면서 돈을 버는 방법이나 기회가 많아졌습니다. 그래서 평민이나 중인들 가운데 양반보다 훨씬 부자인 사람들이 나타나기 시작합니다. 이들은 재산을 늘려서 경제적으로는 양반과 대등했지만 신분상 차별을 계속 받았기 때문에 여러 방법으로 신분 상승을 하려 했습니다. 가뭄이나 전쟁이 일어났을 때 나라에 곡식을 바치고 양반 신분을 합법적으로 사는 납속(納粟)을 비롯해 아전을 매수해 호적을 바꾸거나 양반 족보를 몰래 사서 자신을 끼워 넣는 투탁(投託) 따위의 불법 행위도 적지 않았습니다.

김신선전

밥 먹는 것을 보지 못했소

김 신선의 이름은 홍기이다. 그는 나이 열여섯에 장가를 들고 아내와
한 번 동침하여 아들을 낳고서는 다시 가까이 하지 않았다. 불에 익
힌 음식을 끊고 벽을 마주 보고 여러 해 동안 앉았더니 갑자기 몸이
가벼워졌다. 그 뒤 나라 안의 모든 명산을 두루 구경했는데 언제나 수
백 리 길을 걷고서야 때가 얼마나 되었나 하며 해를 살폈다. 오 년에
한 번 신을 바꿔 신고, 험한 길을 만나면 걸음이 오히려 빨라졌다. 그
런데도 그는 자주 이렇게 말했다.

"물을 만나 바지를 벗고 건너기도 하고 배를 타고 건너기도 하느라
이렇게 늦어졌다."

밥을 먹지 않기 때문에 사람들은 그가 찾아오는 것을 꺼리지 않았
다. 그는 겨울에도 솜옷을 입지 않고 여름에도 부채질을 하지 않으

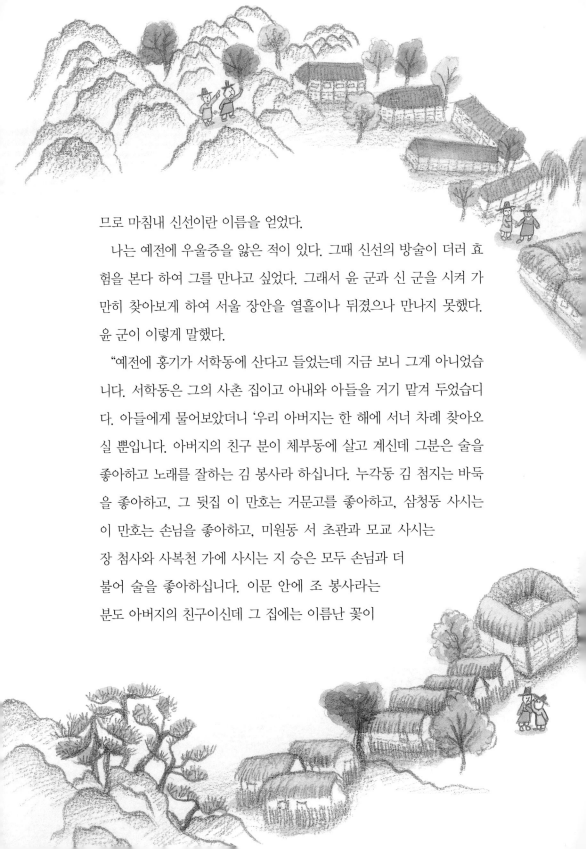

므로 마침내 신선이란 이름을 얻었다.

　나는 예전에 우울증을 앓은 적이 있다. 그때 신선의 방술이 더러 효
험을 본다 하여 그를 만나고 싶었다. 그래서 윤 군과 신 군을 시켜 가
만히 찾아보게 하여 서울 장안을 열흘이나 뒤졌으나 만나지 못했다.
윤 군이 이렇게 말했다.

　"예전에 홍기가 서학동에 산다고 들었는데 지금 보니 그게 아니었습
니다. 서학동은 그의 사촌 집이고 아내와 아들을 거기 맡겨 두었습니
다. 아들에게 물어보았더니 '우리 아버지는 한 해에 서너 차례 찾아오
실 뿐입니다. 아버지의 친구 분이 체부동에 살고 계신데 그분은 술을
좋아하고 노래를 잘하는 김 봉사라 하십니다. 누각동 김 첨지는 바둑
을 좋아하고, 그 뒷집 이 만호는 거문고를 좋아하고, 삼청동 사시는
이 만호는 손님을 좋아하고, 미원동 서 초관과 모교 사시는
장 첨사와 사복천 가에 사시는 지 승은 모두 손님과 더
불어 술을 좋아하십니다. 이문 안에 조 봉사라는
분도 아버지의 친구이신데 그 집에는 이름난 꽃이

가득 심겨 있고, 계동의 유 판관은 기이한 책과 오래된 칼을 가지고 있어 아버지는 늘 그분들 집에서 지내십니다. 꼭 만나 뵙고 싶으면 이런 집들을 찾아보십시오.' 하는 것이었습니다.

그래서 이들 집을 다니며 일일이 물어보았으나 어디에서도 홍기를 찾을 수가 없었습니다. 어느 날 저물녘에 한 집에 들렀더니 주인은 거문고를 타고 두 손님은 가만히 듣고 있었는데 허연 머리에 관도 쓰지 않았습디다. 저는 이제는 김홍기를 만났구나 싶어서 한참 동안 서서 기다렸습니다. 거문고 가락

- **김홍기**(金弘基) 실존 인물로, 홍기(洪器)라고도 한다.
- **서학동**(西學洞) 조선 시대 서울 사학(네 학교)의 하나인 서학(西學)이 있던 마을. 지금 태평로 1가 쯤이다.
- **누각동**(樓閣洞) 인왕산 아래 누각이 있어서 붙인 이름이다. 누각골이라는 마을로 서리들이 모여 살았다.
- **미원동**(美垣洞) 을지로 1가 소공동 북쪽이었던 미동(美洞)을 말하는 듯하다.
- **모교**(毛橋) 청계천 다리의 하나로 모피를 파는 상점들이 있어서 모전교(毛廛橋)라고도 한다.
- **사복천**(司僕川) 서울 중부 수진방(壽進坊)에 있던 사복사(司僕寺) 앞의 시내이다.
- **승**(丞) 서(署), 사(寺), 감(監) 같은 중앙 관청에 있던 종오품에서 종구품에 걸친 벼슬자리.
- **이문**(里門) 세조 때 서울의 마을 앞마다 문(이문)을 세우게 해서 생긴 이름이다. 지금 남대문로 2가 조선호텔 입구에 이문의 터가 있다.

이 끝나기에 자리에 나아가 '어느 분이 김 노인이신지 감히 여쭙습니다.' 했지요. 주인이 거문고를 밀쳐놓고 이렇게 대답했습니다. '이 자리에 김씨 성을 가진 사람은 없소. 어째서 묻는 것이오?' 제가 '저는 목욕재계하고서 감히 찾아와 뵙는 것이니 노인께서는 숨기지 마옵소서.' 하며 다시 청했더니 주인은 웃으며 말했습니다. '그대가 아마 김홍기를 찾는가 보오만 홍기는 오지 않았소.' 다시 '어느 때나 오시는지 감히 여쭙습니다.' 했더니 '홍기란 사람은 묵어도 일정한 거처가 없고 놀아도 정해 놓은 자리가 없으며 와도 온다고 예고하지 않고 가도 다시 오겠다는 약조를 하지 않으며, 하루에도 두세 차례 오는 때가 있는가 하면 안 올 때는 해가 바뀌어도 오지 않소. 듣자니 요즘 홍기가 창동이나 회현방에 주로 있고 동관, 배오개, 구리개, 자수교, 사동, 장동, 대릉, 소릉 같은 데도 오락가락하며 놀고 자곤 한다는데 내가 그 주인의 이름은 거의 다 모르고 오직 창동만 알고 있으니 그리로 가서 물어보시오.' 했습니다.

그래서 창동 그 집을 찾아가 물었더니 '그가 오지 않은 것이 벌써 두어 달 되었소. 들으니 장창교에 사는 임 동지가 술 마시기를 좋아해서 날마다 홍기와 더불어 술 겨루기를 한다는데 지금 임 씨 집에 있는지

• **창동(倉洞)** 남대문 안 선혜청(宣惠廳)의 창고가 있던 마을로, 지금 남대문 시장이 있는 남창동쯤이다.
• **동관~소릉** 동관(董關)은 알 수 없고, 배오개는 종로 4가 인의동에 있던 고개, 구리개는 을지로 입구 롯데 백화점 맞은편에 있던 고개, 자수교는 옥인동·효자동·궁정동이 만나는 곳에 있던 다리, 사동(社洞)은 사직 공원 일대의 동네, 장동(壯洞)은 장의동(壯義洞)이라고도 하며 지금 효자동·궁정동·청운동 일대, 대릉(大陵)과 소릉(小陵)은 대정동(大貞洞)과 소정동(小貞洞)으로 지금의 중구 정동 일대이다.
• **장창교(長暢橋)** 청계천 다리의 하나로, 중부 장통방(長通坊)에 있었다.

도 모르겠소.' 했습니다. 그래서 바로 그 집을 찾아갔더니 임 동지라는 이는 나이 여든이 넘어서 자못 귀가 먹었는데 이렇게 말했습니다. '쯧쯧, 어젯밤에 나와 술을 잔뜩 마시고 오늘 아침에 취한 기운이 남은 채로 강릉에 간다고 떠났소.' 저는 너무나 어이가 없어서 한참 있다가 물었습니다. '김홍기라는 이에게 무슨 남다른 점이 있습니까?' 그러자 '그저 평범한 사람으로 다만 밥 먹는 것을 보지 못했소.' 하기에 나는 다시 '생김생김이 어떻습니까?' 하고 물었더니 '키는 일곱 자가 넘고 몸집은 여위고 나룻이 좋으며, 눈동자는 파랗고 귀는 길고 누렇지요.' 했습니다. '술은 얼마나 마십니까?' 하고 물었더니 '한 잔만 마셔도 취하는데 한 말을 마셔도 더 취하지는 않소. 예전에 술에 취해 길에 누워 버린 적이 있었는데, 형조의 아전이 잡아다가 가두었으나 이레가 지나도 술이 깨지 않아 마침내 놓아주고 말았다오.' 했습니다. '말하는 품은 어떻습니까?' 했더니 '여러 사람이 모여 이야기를 할 때면 그대로 앉아서 졸고 있다가 이야기가 끝나면 문득 웃음을 그치지 않지요.' 했습니다. '몸가짐은 어떻습니까?' 하니까 '조용하기는 꼭 참선하는 중 같고, 꾸밈없기는 마치 수절하는 과부 같지요.' 했습니다."

나는 이런 윤 군의 말을 듣고 한동안 윤 군이 힘들여 찾지 않았으리라 의심했다. 신 군 또한 몇 십 집을 찾아다녔으나 모두 허탕이었다고 했다. 그리고 그의 말도 윤 군과 마찬가지였다. 어떤 이는 홍기의 나이가 백여 살이고 더불어 노는 사람들도 모두 노인이라고 하고, 또 어떤 이는 그렇지 않고 홍기가 열아홉 살에 장가를 들어 곧바로 아들을 낳았고, 지금 아들이 겨우 스물 몇 살이니 홍기의 나이 지금 쉰 남짓이라고 했다.

또 다른 이는 김 신선이 지리산으로 약초를 캐러 갔다가 벼랑에서 떨어져 돌아오지 못한 지가 벌써 몇 십 년이 되었다 했으며, 어떤 이는 지금도 컴컴한 바위 굴에 번쩍번쩍하는 뭔가가 있으며 그게 바로 김 신선의 눈빛이라 하면서 산골짜기에서 때때로 그가 길게 기지개하는 소리가 들린다고도 했다. 그런데 지금 보면 김 신선은 단지 술을 잘 마실 뿐이고, 무슨 방술이 있는 것은 아니며, 다만 이름을 빌려서 돌아다닌 듯할 뿐이다. 나는 다시 복이란 녀석을 시켜서 그를 찾아보았지만 역시 끝내 만나 보지 못하고 말았다. 그때가 계미년(1763)이었다.

이듬해 가을에 나는 동쪽 바닷가를 여행하다가 저녁나절 단발령에 올라 금강산을 바라보았다. 그 봉우리가 일만 이천이나 된다고 하는데 흰빛을 띠고 있었다. 산에 들어가 보니 단풍나무가 많아서 한창 탈 듯이 붉었으며 싸리나무, 가시나무, 녹나무, 예장나무 들도 모두 서리를 맞아 노란빛을 띠고 삼나무, 노송나무는 더욱 푸르렀다. 사철나무도 많았으며 산중의 갖가지 나무가 온통 발갛고 노랗게 물들었다. 모습과 빛깔을 둘러보며 기뻐하다가 가마를 멘 중에게 물었다.

"이 산중에 도승이 있느냐? 있다면 도승과 더불어 놀 수 있느냐?"

중이 대답했다.

"그런 중은 없고 선암에 불로 익힌 음식을 먹지 않는 사람이 있다고

• **선암(船菴)** 내금강 표훈사(表訓寺)에 딸린 암자.

는 들었습니다. 누구는 말하기를 영남 선비라고 하는데 꼭 알 수는 없습니다. 선암은 길이 험해 발길 닿는 사람이 없습니다."

내가 밤에 장안사에 앉아서 여러 중에게 물으니 모두 처음 대답과 같았다. 그리고 익힌 음식을 먹지 않는 사람이 백 날을 채우고 떠나겠다고 했는데 지금 거의 아흔 날이 되었다고 했다. 나는 몹시 기뻐서 '아마 그 사람이 선인인가 보다.' 생각하고 당장 밤에라도 가고 싶었다. 이튿날 아침을 기다려서 진주담 아래에 앉아 같이 갈 사람을 기다렸다. 거기서 한참 동안 주변을 돌아보았으나 모두 약속을 어기고 오지 않았다. 게다가 관찰사가 여러 고을을 돌아보다가 마침내 산에 들어

74

와 절들을 돌아다니며 쉬고 있었다. 여러 고을의 수령이 모두 모여들어 잔치를 벌이고 음식과 수레를 내놓았으며, 구경에 나설 때마다 따라다니는 중이 백여 명이나 되었다. 선암은 길이 끊기고 험준해 도저히 혼자 닿을 수가 없었으므로 나는 영원과 백탑 사이를 오가며 애만 태우기도 했다. 그런 뒤로도 여러 날 비가 내려 산중에 엿새를 묵고서야 겨우 선암에 닿을 수 있었다.

선암은 수미봉 아래에 있었으므로 내원통으로부터 이십여 리를 들어갔는데, 큰 바위가 깎아질러 천 길이나 되었으며 길이 끊어질 때마다 쇠줄을 부여잡고 공중에 매달려서 가야만 했다. 다다르고 보니 뜨락은 텅 비어서 우는 새 한 마리도 없고, 제단 위에는 조그만 구리 부처가 놓여 있으며, 다만 신발 두 짝이 있을 뿐이었다. 나는 어이가 없어 이리저리 서성이며 우두커니 바라만 보다가, 어쩔 수 없이 암벽 아래에다 이름을 써 놓고 탄식하며 떠나왔다. 거기에는 언제나 구름 기운이 감돌았고 바람이 선선하게 불었다.

어떤 책에서는 '신선이란 산의 사람을 뜻한다.' 하고, 또 어떤 책에서는 '산에 들어가 있는 사람을 신선이라 한다.' 했다. 또한 '신선이란 너울너울 가볍게 날아오르는 사람'을 뜻하기도 한다. 그렇다면 불로 익힌 음식을 먹지 않는 사람이 반드시 신선이라고 할 수는 없으며, 아마도 뜻을 얻지 못해 쓸쓸하게 살다 떠난 사람일 것이다.

● 진주담(眞珠潭) 금강산 들머리 만폭동의 여덟 못 가운데 가장 크고 이름난 못.
● 영원(靈源)과 백탑(白塔) 내금강 명경대(明鏡臺) 지역에 있는 명승지.

선생님, 이른 새벽에 들판에서 무슨 기도를

저녁에 옥전현에 닿았다. 무종산이 이곳에 있는데 연나라 소왕의 무덤도 여기 있다고 한다. 성안으로 들어가 한 상점에서 구경을 하는데 생황에 맞추어 노래 부르는 소리가 들렸다. 정 진사와 함께 노랫소리 나는 데를 찾아 들어가 보니 사랑채에 젊은이 대여섯이 모여 앉아 생황을 불거나 거문고를 탔다. 돌아서서 안채로 들어서니 웬 사내가 의자 위에 단정히 앉았다가 우리를 보고 일어서서 인사를 했다.

얼굴이 점잖게 생기고 나이는 쉰 나마 되어 보이는데 수염이 희끗희끗했다. 이름 적은 종이쪽지를 내보이니 고개만 끄덕이고 성명을 물어도 대답이 없었다. 네 벽에는 이름난 이들의 글씨와 그림을 붙여 놓았다. 주인이 일어나 자그마한 함을 내려놓고 문짝을 열어 보이는데 주먹만 한 옥 부처가 앉아 있었다. 옥 부처 뒤쪽에는 관음상을 그린 작은 그림을 걸어 놓았는데, 거기에 '태창 원년(1620) 삼월 제양 구침이 그렸다.' 하고 써 놓았다.

주인은 부처 앞에 향을 피우고 절을 하고는 일어나 부처 넣은 함의 문을 달아 제자리에 올려놓고 나서 의자에 앉으며 그제야 성명을 써서 보였다. 성명은 심유붕이라 하고 고향은 소주이며, 자는 기하요 호는 거천이며 나이는 마흔여섯이라 했다. 말이 적고 사람됨이 반듯한 듯했다.

인사를 하고 안채를 나오니까 사랑채 탁자 위에 구리쇠를 부어 만든 사슴이 놓여 있었다. 볼품이 있어 보이는 골동품으로 키가 한 자 가량 되었다. 또 높이가 두어 자쯤 되는 연적이 있는데, 국화를 그렸고 겉에는 유리를 입혀 아주 정교하게 만들었다. 서쪽 바람벽 아래는 꽃병이 있고 벽도화 한 가지를 꽂았는데, 검정 빛깔 범나비 한 마리가 앉아 있었다. 처음에는 만든 나비인 줄 알았는데 자세히 들여다보니 비취 바탕 금무늬의 진짜 나비였다. 나비의 다리를 꽃잎 위에다 풀로 붙여 놓은 것이었다.

바람벽 위에는 이상한 글 한 마리를 써서 걸어 두었는데, 흰 종이에 가는 글씨로 벽면 가로 가득히 족자처럼 걸어 놓았다. 글씨를 반듯하게 썼기에 다가서서 읽어 보니 세상에서 찾아보기 어려운 아주 야릇한 글이었다. 나는 곧장 주인에게 돌아가 벽에 걸린 글은 누가 지은 것이냐고 물어보았다. 주인은 누가 지은 글인지 모르겠다고 했다. 정군이 물어보았다.

"이 글이 요즘 세상 글 같은데 주인 선생이 지은 것이 아닌가요?"

그랬더니 심유붕이 말했다.

"주인은 글자를 읽지도 못합니다. 게다가 작자의 성명조차 없습니다. 한나라가 있는 줄도 모르는 놈이 위나라, 진나라를 어떻게 이야기할 수 있겠습니까?"

내가 물어보았다.

"그럼 이 글씨는 어디서 났소?"

"얼마 전 계주 장날에 샀습니다."

"베껴 가도 되겠소?"

심유붕이 고개를 끄덕이면서 좋다고 하기에 나는 종이를 가지고 다시 오겠다고 약속하고 나왔다. 저녁을 먹고 나서 정 진사와 함께 다시 그 상점으로 찾아 들어서니 벌써 촛불을 두 개나 켜 놓았다. 벽 앞으로 다가가서 족자를 벗겨 내리려고 하니 심유붕이 심부름하는 사람을 불러 막대기로 내려놓아 주었다. 내가 다시 물었다.

"이것은 선생이 지은 글이지요?"

그가 고개를 흔들면서 말했다.

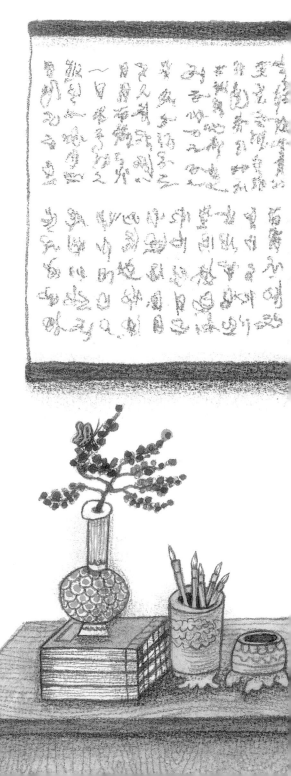

"그야 뻔한 일이 아니겠습니까? 제가 마음으로 부처님을 모시면서 어찌 함부로 거짓말을 하겠습니까?"

나는 정 군에게 가운데서부터 베끼라 당부하고 나는 앞머리부터 베껴 내려갔다. 심유붕이 물었다.

"선생은 그것을 베껴서 어디에 쓰시렵니까?"

내가 대답했다.

"우리나라로 돌아가면 사람들에게 한 번씩 읽혀서 그들로 하여금 배꼽을 쥐고 웃게 하려는 것이지요. 입에 넣은 밥알이 벌 날듯이 튀고, 갓끈이 썩은 새끼처럼 끊어질 것입니다."

숙소로 돌아와서 등불을 켜고 훑어보니 정 군이 베낀 데는 빠지고 틀린 글자가 적지 않으며 앞뒤가 맞지 않는 대목이 많았다. 그래서 내가 조금 덧붙이고 손질을 해서 한 마리 글이 되도록 만들었다.

범의 꾸지람

범은 슬기롭고 거룩하고 아름답고 당당하고, 자애롭고 효성스럽고 사리 밝고 어질고, 사내답고 용감하고 씩씩하고 사납고, 하늘 아래 맞설 것이 없다. 그러나 비위(狒胃)가 범을 잡아먹고, 죽우(竹牛)도 범을 잡아먹고, 박(駁)도 범을 잡아먹고, 오색사자(五色獅子)도 큰 나무 구멍에서 범을 잡아먹고, 자백(兹白)도 범을 잡아먹고, 표견(豹犬)은 날아서 범과 표범을 잡아먹고, 황요(黃要)는 범과 표범의 심장을 꺼내서 먹고,

활(猾)은 범과 표범에게 잡아먹혀서 배 속에 들어가 간을 뜯어 먹고, 추이(酋耳)도 범을 만나면 찢어서 씹어 먹는다. 범이 맹용(猛鱅)을 만나면 눈을 감은 채 감히 뜨지도 못하는데 사람은 맹용을 두려워하지 않고 범을 두려워하니 범의 위풍이 당당하지 않은가.

범이 개를 잡아먹으면 술 취하듯 어지러워지고, 사람을 잡아먹으면 신령하게 된다. 범이 사람을 처음 잡아먹으면 그 사람의 넋이 굴각(屈閣)이라는 창귀가 되어서 범의 겨드랑이에 붙어 범을 남의 집 부엌으로 이끌고 간다. 범이 솥전을 핥으면 그 집 주인이 배고픈 생각이 들어서 아내에게 밤참을 짓게 만든다. 범이 사람을 두 차례 잡아먹으면 그 창귀는 이올(彛兀)이 되어서 범의 볼따구니에 붙어 가지고 높은 데 올라가 산지기의 행동을 엿보다가 골짜기에 올무나 덫 같은 것이 있으면 먼저 가서 틀을 풀어 버리게 한다. 범이 사람을 세 차례 잡아먹으면 그 창귀는 육혼(陸渾)이 되어서 범의 턱에 붙어 가지고 제가 아는 벗들의 이름을 주워섬기며 알려 준다.

하루는 범이 창귀들을 불러서 물었다.

"날이 벌써 저무는데 어디서 끼니를 때울까?"

굴각이 나선다.

"제가 간밤에 점을 쳐 보니 뿔 달린 것도 아니고 날개 달린 것도 아

• **범의 꾸지람** 원래 제목은 〈호질(虎叱)〉이다.
• **범은~않은가** 여기 보인 열 가지 짐승은 실제로 있는 것이 아니라 상상의 동물이다.
• **창귀(倀鬼)** 범의 앞장을 서서 먹이를 찾아 준다는 못된 귀신.

니고 머리는 새까만 것이, 눈길에 비틀비틀 성긴 발자국을 내며 꼬리는 뒤통수에 붙어서 꽁무니를 가리지 못하는 놈이 있었습니다."

이올이 나선다.

"마을 동쪽 문에 먹을 것이 있는데 그 이름은 의원이니 입으로는 온갖 풀을 먹어서 고기가 향기로울 것이며, 마을 서쪽 문에 먹을 것이 있는데 그 이름은 무당이니 온갖 신을 섬기노라 날마다 목욕하여 몸이 깨끗할 것입니다. 바라옵건대 이 두 가지 가운데서 맛난 고기를 고르십시오."

범은 수염을 곤두세우며 노기 띤 소리로 말했다.

"의원이라는 '의(醫)' 자는 의심이라는 '의(疑)' 자와 소리가 같다. 그렇듯이 의원은 의심나는 것을 가지고 사람을 치료하느라고 해마다 수만 명을 죽게 만든다. 무당이라는 '무(巫)' 자는 속임이라는 '무(誣)' 자와 소리가 같다. 그렇듯이 무당은 귀신을 속이고 백성을 유혹해서 해마다 수만 명을 죽게 한다. 수많은 망령의 노여움이 이 두 놈의 뼈까지 스며들어 금잠(金蠶)이라는 누에로 탈바꿈했을 것이다. 독해서 어찌 먹을 수가 있겠느냐?"

육혼이 나선다.

"저기 수풀에 고기가 있습니다. 어진 간에다 의로운 쓸개에다 충성스런 마음을 품고 품행이 깨끗하고 예악을 받들어 지키며, 입으로 온

• 저기~있습니다 '수풀'이라는 '림(林)' 자는 선비의 모임을 뜻하는 유림(儒林)의 '림(林)'과 같다.

갖 성현의 말씀을 외우고 마음에 만물의 이치를 통달했으니, 이름은 '큰 덕을 갖춘 선비'라 합니다. 등은 통통하고 몸집은 살이 쪄서 다섯 가지 맛을 골고루 갖추었습니다."

이 말을 듣자 범은 눈썹을 추켜세우고 침을 흘리면서 하늘을 쳐다보고 만족한 듯이 웃으며 말했다.

"응, 그래! 좀 더 들어 보고 싶으니 잘 아뢰어라."

창귀들이 다투어 범에게 알려 주느라 침이 마르게 떠들었다.

"음 하나와 양 하나를 '도'라 하는데 이런 이치를 선비가 하나로 꿰뚫었습니다. 오행이 서로 살려 가고 육기가 서로 펼쳐 가는 것도 선비가 이끌어 냈습니다. 세상 먹거리 가운데 이보다 더 좋은 것은 다시없을 듯하옵니다."

그러자 범은 갑자기 서운한 기색을 띠더니 아주 못마땅한 어조로 말했다.

"음과 양이란 하나의 기운이 줄어들고 늘어나는 것인데 음 하나와 양 하나를 둘로 나누었으니 그 고기가 잡될 것이다. 오행은 저마다 자기 자리가 정해져 있어서 서로 살려 갈 수 없는데, 억지로 어미와 자식처럼 만들어 시고 짠 맛에다 견주어 놓았으니 그 맛이 순수하지 못할 것이다. 육기는 저절로 흘러가는 것이고 사람이 마음대로 펴고 이끌 수가 없는데, 헛되이 이루어 주느니 도와주느니 하면서 자기 공로를 나타내려 하니 그것을 먹다가는 질기고 딱딱해서 체하거나 구역질이 나겠구나.

정나라 어느 고을에 벼슬을 탐탁지 않게 여기는 북곽 선생이라는 학자가 살았다. 그는 나이 마흔에 손수 바로잡아 펴낸 책이 만 권이나 되고, 또 사서오경의 뜻을 덧붙여서 다시 지어낸 책이 만 오천 권이나 되었다. 이래서 천자도 그가 이룩한 일을 훌륭하다고 칭찬하고 제후도 그의 이름을 우러러보았다.

그 고을 동쪽에는 동리자라는 어여쁜 과부가 살았다. 이 여인 또한 천자가 그 절개를 훌륭하다고 칭찬하고, 제후도 그의 어질고 아리따운 행실을 사모했다. 나라에서 마을 둘레를 여인에게 떼어 주고 '동리 과부의 마을'이라는 비석을 세워 주기도 했다. 이처럼 동리자가 수절 잘하는 부인으로 널리 알려졌으나 사실은 슬하에 다섯 아들이 저마다 성이 달랐다. 어느 날 밤에 다섯 아들이 한자리에 모여 서로 말했다.

"강 건너 마을에서 닭이 울고 저쪽 하늘에는 샛별이 반짝이는 이 깊은 밤에 안방에서 흘러나오는 말소리는 어찌도 저리 북곽 선생의 목청을 닮았을까!"

다섯 아들이 차례로 문틈으로 들여다보았더니, 동리자가 북곽 선생에게 이렇게 간청하고 있었다.

"오랫동안 선생님의 덕을 사모해 왔사온데, 호젓한 오늘 밤은 선생

---

* **음~하는데** 유교에서는 만물이 생겨나고 변화하는 기본 단위를 '음'과 '양'이라 했다.
* **오행**(五行) 유교에서는 물(水), 불(火), 나무(木), 쇠(金), 흙(土)을 우주 만물을 이루는 다섯 요소로 보고 이들이 서로 살리고 서로 죽임으로써 우주의 운동과 변화가 이루어진다고 했다.
* **육기**(六氣) 유교에서는 음과 양에다 바람(風), 비(雨), 캄캄함(晦), 밝음(明)을 더해서 우주 변화의 여섯 기운이라 했다.

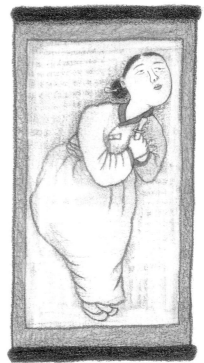

님 글 읽는 소리를 듣고자 하옵니다."

북곽 선생은 옷깃을 바로 여미면서 점잖게 앉더니 시를 읊조렸다.

"병풍 위엔 원앙 한 쌍, 반딧불이는 반짝반짝, 가마솥·세발솥은 무엇을 본떴을까. 흥이로다."

다섯 아들이 서로 수군거렸다.

"북곽 선생같이 점잖은 어른이 설마 과부의 방에 들어올 리가 있겠나? 우리 고을 무너진 성문 곁에는 여우가 사는 굴이 있잖아? 여우란 놈은 천 년을 묵으면 사람 모양으로 둔갑할 수 있다고 하더라. 저건 그 여우란 놈이 북곽 선생의 탈을 쓰고 나타난 것이 틀림없어."

그리고 함께 의논을 했다.

"들으니 여우의 머리를 얻으면 큰 부자가 될 수 있다 하고, 여우의 발을 지니면 대낮에도 모습이 남의 눈에 안 뜬다 하고, 여우의 꼬리를 가지면 애교를 잘 부려서 남의 사랑을 받을 수 있다 하더라. 우리가 저놈의 여우를 때려잡아서 나눠 갖도록 하자."

다섯 아들이 안방을 둘러싸고 우루루 쳐들어갔다. 북곽 선생은 크게 놀라서 도망을 치는데, 사람들이 자기를 알아볼까 봐 모가지를 두 다리 사이에 들이박고 귀신처럼 춤을 추며 낄낄거리는 소리를 내면서 문밖으로 뛰어나가 달아났다. 달아나다가 그만 똥이 가득 차 있는 들판의 구덩이에 빠져 버렸다. 허우적거리며 간신히 구덩이에서 기어올라 머리를 들고 바라보니 뜻밖에 커다란 범이 길목에 앉아 있는 것이

* **흥(興)** 자기와 아무런 상관이 없는 사물을 들어 자기 뜻을 드러내는 중국 한시의 표현 방법.

아닌가! 범은 북곽 선생을 보고 오만상을 찌푸리고 구역질을 하며, 코를 싸쥐고 고개를 흔들어 돌리며 소리를 내질렀다.

"어허, 이놈의 유학자! 구린 냄새라니!"

북곽 선생은 머리를 조아리고 엉금엉금 범 앞으로 기어가서 세 차례나 절을 하고는 꿇어앉아 우러러 아뢰었다.

"범님의 덕은 지극하시지요. 위대한 사람은 그 변화를 본받고, 임금은 그 걸음을 배우며, 자식 된 사람은 그 효성을 본받고, 장수는 그 위엄을 따르며, 거룩하신 이름은 신령스런 미르의 짝이 되는지라, 바람과 구름의 조화를 부리시매 낮은 땅의 보잘것없는 소인은 감히 아랫자리에서 모시겠나이다."

범은 북곽 선생을 여지없이 꾸짖었다.

"내 앞에 가까이 오지 말라. 내 일찍이 듣건대, 선비 '유(儒)' 자는 아첨 '유(諛)' 자와 같다더니 과연 그렇구나! 네가 평소에 천하의 악명을 죄다 나에게 덮어씌워 놓고, 이제 사정이 급해지니까

눈앞에서 아첨을 이렇게 떠니 누가 곧이듣겠느냐? 천하의 원리는 하나뿐이다. 범의 본성이 악한 것이라면 인간의 본성도 악할 것이요, 인간의 본성이 착한 것이라면 범의 본성도 착할 것이다. 너희가 떠드는 천 소리 만 소리는 오륜에서 벗어난 것이 아니고, 가르치고 시키는 말은 언제나 사강에 머물러 있다. 그러나 사람이 우글거리는 거리에 돌아다니는 코 베인 놈, 발꿈치 잘린 놈, 얼굴에 먹실 넣은 놈 들은 모두가 오륜과 사강을 지키지 못한 것들이 아니냐? 포승줄이며 먹실이며 도끼며 톱이며 온갖 형벌 기구를 나날이 갈아대는데도 너희 놈들의 나쁜 버릇을 그치게는 못하는구나! 하지만 범의 세상에서는 본디부터 그런 형벌이란 것이 없다. 이로 보아도 범의 본성이 사람의 그것보다 어질지 않으냐?

- **오륜(五倫)** 친함(親), 옳음(義), 다름(別), 차례(序), 믿음(信).
- **사강(四綱)** 예절(禮), 의리(義), 청렴(廉), 부끄러움(恥).
- **얼굴에~놈** 먹실은 먹물을 묻히거나 칠한 실로, 얼굴에 먹실을 넣는다는 것은 먹실을 펜 바늘로 살갗을 뜨고 먹을 살 속에 넣어 죄의 내용을 담은 문신을 새기는 벌을 말한다.

범은 푸나무나 과일을 먹지 않고, 벌레나 물고기를 먹지 않고, 술 같이 좋지 못한 음식을 좋아하지 않으며, 새끼 가진 길짐승이나 알 품은 날짐승같이 하찮은 것들을 차마 잡아먹지 않는다. 산에 들어가면 노루나 사슴 따위를 사냥하고, 들로 나가면 말이나 소를 잡아먹지만 끼니를 채우려 남에게 빌어먹거나 관청에 달려가 송사질하는 일이란 없다.

범의 도리가 어찌 밝고 반듯하지 않은가! 범이 노루나 사슴을 잡아먹을 때에는 너희가 미워하지 않다가, 말이나 소를 잡아먹을 때에는 원수로 생각하는 것은 노루나 사슴은 너희에게 은공이 없지만 소나 말은 공로가 있기 때문이 아니냐? 그런데 너희는 소나 말이 태워 주고, 일해 주는 공로나 따르고 충성하는 정성까지 다 저버리고, 날마다 푸줏간을 채워 뿔과 갈기조차 남기지 않는구나. 그러고도 다시 우리네 노루와 사슴까지 마구 잡아서 산에도 들에도 우리 먹을 것이 없도록 만든단 말이냐? 하늘이 심판을 공정하게 내리신다면, 네놈들을 우리가 잡아먹어야 하겠느냐 그러지 말아야 하겠느냐?

무릇 제 것이 아닌데 가져가는 것을 도둑이라 하고, 목숨을 빼앗고 물건을 해치는 것을 도적이라 한다. 너희가 밤낮으로 쏘다니며 팔을 걷어붙이고 눈을 부릅뜨고 노략질하면서 부끄러운 줄을 모르고, 심하면 돈을 형님이라 부르고 장수가 되자고 제 아내를 쳐서 죽이는 놈도 있으니 윤리 도덕을 어떻게 이야기할 수가 있단 말이냐? 그뿐 아니라 메뚜기에게서 먹이를 빼앗아 먹고, 누에에게서 옷을 빼앗아 입고, 벌을 막아서 꿀을 따며, 심한 놈은 개미 알로 젓을 담가서 조상에게 바치니 잔인무도하기가 너희보다 더한 것이 어디 또 있단 말이냐?

너희가 세상 이치를 말하고 사람 성정을 이야기할 적에 걸핏하면 하늘을 들먹이지만, 하늘의 밝은 빛으로 보자면 범이나 사람이나 다 같이 만물 가운데 하나이다. 하늘과 땅이 만물을 낳은 어짊으로 말하자면 범, 메뚜기, 누에, 벌, 사람이 다 같이 땅에서 길러지는 것이니 서로 해칠 수 없는 것이다. 그리고 선악으로 따지고 가려 보자면 벌과 개미의 집을 스스럼없이 털어 가는 것은 홀로 하늘과 땅 사이에서 가장 큰 도둑이 아니고 무엇이며, 메뚜기와 누에의 밑천을 마구 빼앗아 가는 것은 홀로 어짊과 의로움을 짓밟는 무서운 도적이 아니고 무엇이겠느냐?

범이 일찍이 표범을 잡아먹지 않는 것은 같은 겨레를 차마 그럴 수 없기 때문이다. 그뿐 아니라 범이 노루와 사슴을 잡아먹은 것이 사람이 노루와 사슴을 잡아먹은 것만큼 많지 않고, 범이 마소를 잡아먹은 것이 사람이 마소를 잡아먹은 것만큼 많지 않다. 그런데 지난해 섬서에 큰 가뭄이 들자 백성끼리 서로 잡아먹은 것이 수만이었고, 저 지난해에는 산동에 큰물이 져서 백성끼리 서로 잡아먹은 것이 또한 수만이었다. 말이 났으니 말이지만 사람들이 서로 많이 잡아먹기로야 춘추 시대 같은 때가 또 있었을까? 춘추 시대에 공덕을 세우려고 벌인

• **푸나무** 풀과 나무를 아울러 이르는 말.
• **돈을~부르고** 옛날 중국 엽전의 구멍이 네모였으므로 돈을 '모난 구멍 형님(공방형, 孔方兄)'이라 했다.
• **장수가~놈도** 중국 춘추 시대에 이름난 장수 오기(吳起)가 그랬다.

싸움이 열일곱 차례였고 원수를 갚는다고 벌인 싸움이 열세 차례였는데, 그래서 흘린 피가 천 리를 물들였고 버려진 시체가 백만이나 되었더니라.

범의 세상에서는 큰물과 가뭄에 대한 걱정이 없기 때문에 하늘을 원망하지 않고, 원수도 공덕도 다 잊어버리기 때문에 누구를 미워하지 않으며, 운명을 알아서 따르기 때문에 무당과 의원의 속임수에 넘어가지 않고, 타고난 그대로 천성을 다하기 때문에 세속의 이해에 병들지 않으니, 이것이 곧 범의 슬기로움인 것이다. 우리 몸의 얼룩무늬 한 점만 보더라도 넉넉히 문채를 천하에 자랑할 수 있으며, 한 자 한 치의 칼날도 빌리지 않고 다만 발톱과 이빨의 날카로움만을 가지고 용맹을 천하에 떨치고 있다. 범의 모습을 새긴 제사 그릇은 효도를 천하에 널리 가르치는 것이며, 하루 한 번 사냥을 해서 까마귀나 솔개, 청개구리, 개미 따위에게까지 찌꺼기를 남겨 주니 그 어짊을 이루 말할 수가 없으며, 굶주린 놈을 잡아먹지 않고, 병든 놈을 잡아먹지 않고, 상복 입은 놈을 잡아먹지 않으니, 그 의로움을 이루 다 말할 수가 없지 않으냐?

어질지 못하기 짝이 없어라, 너희 사람의 먹이 얻는 짓이여! 덫이나 함정을 놓는 것만으로도 오히려 모자라

새그물, 노루 그물, 큰 그물, 고기 그물, 수레 그물, 삼태그물, 온갖 그물을 만들어 냈으니 처음 그것을 만든 놈이야말로 세상에 가장 큰 재앙을 끼친 녀석일 것이다. 그 위에 또 가지각색의 창이며 칼 등속에다 화포란 것까지 만들어 이것을 한번 터뜨리면 소리는 산을 무너뜨리고 천지에 불꽃을 쏟아 벼락 치는 것보다 더 무섭다.

그래도 아직 잔인함을 부린 것이 모자라서, 부드러운 털을 쪽 빨아 아교에 붙여 붓이라는 뾰족한 물건을 만들어 냈구나. 그 모양은 대추씨 같고 길이는 한 치도 못 되지만, 이것을 오징어 시키면 물에다 적셔서 종횡으로 치고 찔러 대는 게지. 구불텅한 것은 세모창 같고 날카로운 것은 칼날 같고 두 갈래 갈라진 것은 가시 창 같고 곧은 것은 화살 같고 팽팽한 것은 활 같아서 이 병장기를 한 번 휘두르면 온갖 귀신이 오밤중에 곡하며 울부짖는 판이다. 너희보다 모질게 서로를 참혹하게 잡아먹는 이들이 어디 또 있겠느냐!"

● **구불텅한~같아서** '구불텅한 것' '날카로운 것' 따위는 모두 붓으로 써 놓은 한자 획의 모습을 나타낸 것이다.
● **병장기를~판이다** 글로 남을 헐뜯고 모함해 죽음에 몰아넣은 일이 많으니 그렇게 죽은 귀신들이 울부짖는다는 말이다.

북곽 선생이 자리를 옮겨서 엎드려 머리를 조아리고 또 조아리며 아뢰었다.

"옛글에도 말했듯이 '비록 망나라도 목욕재계하면 하느님을 섬길 수 있다.' 했습니다. 하찮은 땅에 살아서 보잘것없는 몸이지만 감히 아랫자리에서 받들어 모시고자 하옵니다."

북곽 선생이 숨을 죽이고 또 무슨 불호령이 떨어질까 기다렸으나 오랫동안 아무런 낌새가 없었다. 참으로 황공해서 엎드려 절하고 조아리다가 가만히 머리를 들어 우러러보니 이미 먼동이 터서 주위가 밝아 오는데 범은 온데간데없었다. 그때 마침 새벽 일찍 밭일하러 나온 농부가 있었다.

"선생님, 이른 새벽 들판에서 무슨 기도를 드리고 계십니까?"

북곽 선생이 엄숙히 말했다.

"성현의 말씀에 '하늘이 높다 해도 머리를 아니 굽힐 수 없고, 땅이 두텁다 해도 조심스럽게 딛지 않을 수 없다.' 하셨느니라!"

연암 씨는 말한다. 이 글은 비록 지은이의 이름이 없으나 근세 중국 사람이 분통을 참지 못해 지은 것이다. 세상 운세가 어둠에 빠져들어서 오랑캐의 행패가 맹수보다 더욱 심각한데도, 염치 모르는 유학자들은 경전의 글귀나 끼어 맞춰서 학문을 뒤틀고 세상을 속이는 짓을 일삼고 있다. 이야말로 남의 무덤이나 뒤지는 유학자로서 승냥이나 범의 먹이도 못 될 것들이 아닐까?

이제 이 글을 읽어 보매 말이 이치를 어지럽히는 점이 없지 않아 《장자》의 〈거협〉이나 〈도척〉 편과 속뜻을 같이한다고 보겠다. 그러나 천하에 뜻있는 인사라면 어찌 하룬들 중국을 잊고 있을 것인가? 지금 청나라가 중국 대륙을 지배하여 사 대를 거치면서 문화로 다스리고 무력으로 방비하여 백 년 동안 안정을 누리고, 세상이 온통 평안하고 조용하니, 이것은 한나라나 당나라 때에도 볼 수 없었던 일이다. 이처럼 백성을 잘 다스리고 보살피는 것을 본다면 이 또한 하늘이 천명을 주어 보낸 일꾼이 아닐까 싶다.

옛날 어떤 사람이 '하늘이 거듭 일러 가르친다.' 하는 말에 의문을 품고 성인에게 여쭈었더니 성인은 하늘의 뜻을 몸소 깨쳐 '하늘은 말로 하지 않고 행동과 사실로 보인다.'고 대답했다. 어리석은 나도 일찍이 글을 읽다가 여기에 이르러 의혹이 매우 컸다. 나는 감히 묻고 싶다.

- **하늘이 ~ 없다** 《시경》 소아(小雅)의 〈절정(節正)〉 편에 나오는 말이다.
- **〈거협(胠篋)〉, 〈도척(盜跖)〉** 거협은 《장자(莊子)》의 외(外)편, 도척은 《장자》의 잡(雜) 편에 나오는 글로 모두 성인과 인의를 거스르는 뜻을 담고 있다.
- **옛날 ~ 대답했다** 《맹자》 〈만장(萬章)〉 편에 나오는 말이다.

하늘이 행동과 사실로 보인다면 오랑캐로써 중화를 바꾸는 것은 천하의 커다란 치욕이니 백성의 원망이 얼마나 혹독할 것인가? 향기로운 제물과 비린 냄새 나는 제물은 저마다 차린 임자의 공덕이 다르기 때문이니 온갖 신령이 제물을 받을 적에 무슨 냄새로 가늠했을 것인가? 이래서 사람의 처지에서 본다면 중화와 오랑캐의 구분이 뚜렷하겠지만, 하늘이 시키는 바를 좇아서 본다면 은나라 모자 한관이나 주나라 모자 면류관이나 저마다 시대의 제도에 따랐을 뿐이니, 하필 청나라 사람의 붉은 모자만 의심할 일이겠는가?

하늘이 정하면 사람이 어쩔 수 없고 또 사람이 많으면 하늘도 어쩔 수 없다는 이야기가 그 사이 떠돌면서 사람과 하늘이 서로 돕는다는 이치는 한 걸음 물러나고, 옛날 성현의 말씀을 현실 경험에 비추어서 어긋나면 문득 천지의 운수가 이와 같다고 해 버린다. 아이구나! 이게 어찌 참된 운수란 말인가? 슬프다! 명나라가 남긴 문화는 이미 사라진 지 오래고, 중국 땅의 선비들이 머리 깎는 풍속을 따른 지도 백 년의 세월을 넘겼거늘, 자나 깨나 가슴을 치며 명나라를 생각하는 까닭은 무엇일까? 이는 중화를 차마 잊지 못하는 까닭이다.

청나라가 스스로를 위해서 도모하는 노릇 또한 어설프다. 지난날 오랑캐 황제의 후손들이 중국을 본뜨다가 끝내는 중국에 먹혀 버린 바를 경계하여 무쇠 비석을 새겨 파수 보는 활터 앞에 세웠다. 비석에 새긴 말을 보면 스스로 저희 모자와 옷을 부끄럽게 여기면서 오히려 자기네 옷과 모자로써 강하고 약한 표시를 삼으려 애를 쓰고 있으니 참으로 어리석은 노릇이 아니겠는가? 문물이 빛나고 무력이 씩씩하고도 마지막 임금들의 무너져 내리는 운수를 건지지 못했는데 하물며 한낱 옷맵시를 가지고 구차하게 무엇에다 쓰겠다는 말인가? 싸움하기에 가볍고 편리한 옷과 모자로 치자면, 북쪽 오랑캐나 서쪽 오랑캐의 복색이라고 해서 싸움하는 복색이 못 되겠는가?

서북의 다른 오랑캐들로 하여금 도리어 중국의 옛 풍속을 따르게 할 수 있는 힘이 능히 있어야만 비로소 천하에 홀로 강하다고 할 수 있을 것이다. 천하 사람을 더러운 구렁에 몰아넣고서 '잠깐 치욕을 참고 우리를 따라서 강하게 되어라.' 하고 호령하지만, 나는 그런 강함을 알지 못한다. 신시와 녹림 사이에서 일어난 도둑의 무리만 눈썹을 붉게 칠하고 누런 수건을 두르고 스스로 남다르다 했던 것은 아니다. 가령 어리석은 백성 한 사람이라도 청나라의 붉은 모자를 벗어 땅바닥에 팽개쳐 버린다면 청나라 황제는 가만히 앉아서 천하를 잃는 것이다. 지난날 스스로 뻐기며 강자가 되게 하던 그것이 이제는 도리어 망하기를 재촉하는 동티가 되는 것이니, 무쇠 비석을 세워서 후손에게 교훈을 삼으려고 하는 노릇이 어찌 지나치지 않겠는가?

이 글은 본디 제목이 없었으나 글 가운데 '범의 꾸지람(호질)'이란 두 글자가 있기에 뽑아서 제목으로 삼아 둔다. 이로써 중국 땅이 맑아지는 날을 기다리고자 한다.

• **하늘이 ~ 이야기** 사람의 무리가 많으면 하늘의 결정도 바꾼다는 이야기이다. 사마천의 《사기》 열전에 나온다.
• **신시(新市)와 녹림(綠林)** 모두 중국 한(漢)나라 때 농민 반란군의 본거지가 된 곳.
• **동티** 건드려서는 안 될 것을 공연히 건드려서 스스로 걱정이나 해를 입음. 또는 그 걱정이나 피해.

옥갑야화

바다가 마르면 주워 갈 사람이 있겠지

북경에서 돌아오는 길에 옥갑에 이르러 여러 비장과 침대를 나란히 하고 밤이 깊도록 이야기를 나누었다. 그러다가 북경의 풍속 이야기가 나왔다. 옛날에는 북경 풍속이 부드럽고 넉넉해서 역관들이 돈 만 냥이라도 빌려 쓸 수 있었으나 지금은 저들이 우리를 속여 먹는 것으로 일을 삼는다 하는데, 실은 그것이 모두 우리 쪽의 잘못에서 비롯되었다 한다.

삼십 년 전의 일이다. 한 역관이 빈손으로 북경에 갔다가 돌아올 무렵 단골 주인을 보고 눈물을 흘리며 울었다. 단골 주인이 이상히 여기고 까닭을 물었더니 역관이 칼을 뽑아 들고 자살하려는 시늉을 하며 이렇게 말했다.

"압록강을 건널 적에 남
에게 부탁받은 은을 몰래 숨겨
넣었다가 들켜서 나의 몫까지 관청
에 몰수당하고 말았습니다. 이제 빈손으로 돌아가면 살길이 막막하니
차라리 안 돌아가는 것만 못합니다."

단골 주인이 놀라 급히 그를 껴안고 칼을 빼앗아 버리고는 물었다.

"몰수당한 은이 얼마나 되는가?"

"삼천 냥입니다."

단골 주인이 위로하며 말했다.

"대장부가 몸이 없어질까 걱정이지 어찌 돈 없어지는 것을 걱정하
는가? 만약 그대가 죽어 돌아가지 않으면 처자식은 어떻게 되겠는가?
내가 그대에게 만 냥을 빌려 줄 테니 앞으로 오 년 동안 돈을 늘리면
다시 만 냥을 얻을 것이네. 그때 본전만 갚아 주게."

역관은 그렇게 해서 만 냥을 얻어 많은 물품을 사서 돌아왔다. 그런
속임수 속내를 모르는 사람이 모두들 그의 재주를 신통하게 여겼다. 그
는 오 년 동안에 드디어 큰 부자가 되었다. 이에 이름을 사역원 명부에

서 빼 버리고 다시는 북경 길을 가지 않았다. 그러고는 여러 해가 지난 뒤에 북경 가는 친한 사람을 찾아가 넌지시 이렇게 부탁을 했다.

"북경 장터에서 아무개 단골 주인을 만나면 반드시 나의 안부를 물어볼 터인데, 우리 온 가족이 염병에 걸려 죽었다고 말해 주게."

친구가 거짓말을 어떻게 하겠느냐고 어려운 낯을 보이자 이렇게 말했다.

"아무튼 말을 그렇게 하고 돌아오면 자네에게 백 냥을 주겠네."

친구가 북경에 가서 단골 주인을 만났더니 과연 역관의 안부를 물었다. 그가 역관이 부탁한 말을 그대로 해 주었더니 단골 주인은 크게 슬퍼하여 얼굴을 가리고 눈물을 비 오듯이 흘렸다. 그러고는 돈 백 냥을 내놓으며 말했다.

"그 사람의 아내와 아들딸까지도 모두 함께 죽었다니 상주도 없겠구려. 당신이 본국에 돌아가거든 나를 대신해 쉰 냥으로 제물을 갖추어 제사를 올려 주고, 또 쉰 냥으로 절에서 재(齋)를 지내어 명복을 빌어 주기 바라오."

친구는 너무나 놀랐지만 이미 거짓말을 해 버린 터라 어쩔 수 없이 백 냥을 받아 가지고 돌아왔다. 그런데 조선으로 돌아와서 그 역관의 집에 찾아가 보니 그의 집안 식구들이 정말 염병에 걸려 모두 죽고 살

• **남에게~은** 옛날의 은은 달러나 유로처럼 나라 사이에 두루 쓰이는 돈인데, 중국에 오가지 못하는 장사꾼들이 역관에게 은을 주고 부탁해 중국에서 온갖 물품을 들여와 장사를 하고 역관에게 그만한 값음을 했다.
• **사역원**(司譯院) 고려, 조선 시대에 외국어의 번역 및 통역에 관한 일을 맡아보던 관아. 고려 말에 통문관을 고친 것으로, 고종 31년(1894)에 폐했다.

아남은 사람이 없었다. 친구는 놀라움과 두려움으로 단골 주인의 뜻을 따라 받아 온 백 냥을 가지고 제사를 올리고 재를 지내 주었다. 그러고는 그도 '내가 무슨 낯으로 그 단골 주인을 다시 보겠는가.' 하면서 죽는 날까지 다시는 북경 길을 가지 않았다.

또 역관으로서 중추부 지사에까지 올랐던 이추의 이야기도 나왔다. 그는 근세에 이름난 역관인데 평소 돈이란 말을 입에 올린 적이 없었다. 그가 북경에 드나든 것이 사십여 년이나 되었지만 한 차례도 손에 은화를 쥐어 본 일이 없었으며, 참으로 단정한 군자의 풍도가 있었다고 했다.

이어서 당성군 홍순언의 이야기가 나왔다. 그는 명나라 만력 연간(1573~1620)의 이름난 역관이었다. 그가 일찍이 북경에 가서 창루에 놀러 간 적이 있었다. 여자를 용모에 따라 값을 매겨 놓았는데 하룻밤에 천 냥을 받겠다는 여인이 있었다. 그는 호기심이 나서 천 냥을 내고 하룻밤 자기를 청했다. 그 여자는 나이 열여섯으로, 만나 보니 과연 절색이었는데, 그를 마주하여 눈물을 흘리며 말했다.

"소녀가 높은 값으로 사람을 찾은 까닭은 세상 남자들이 대개 인색해서 천 냥이나 되는 돈을 쓰려 하지 않기 때문입니다. 그러기에 얼마 동안이나마 욕된 일을 면할 수 있으리라 생각한 것입니다. 하루 이틀 지내며 우선 집주인과 친근해지고, 한편 천하에 의기 있는 사람이 나타나서 몸값을 갚고 소실로 삼아 주기를 기다린 것입니다. 소녀가 집에 들어온 지 닷새가 되도록 천 냥을 들고 오는 이가 없더니 오늘 다행히 천하에 의기 있는 분을 만났습니다. 그러나 손님은 외국 사람이라 나라 법 때문에 소녀를 데리고 귀국할 수 없고, 또 소녀의 몸은 한 번 더럽혀지면 다시 씻을 수 없을 것입니다."

홍순언은 그 여자를 애처롭게 여기고 창루에 오게 된 까닭을 물어 보았다.

"소녀는 남경 호부 시랑 아무개의 딸이온데, 갑자기 집안이 적몰되기에 이르렀습니다. 저는 어쩔 수 없이 창루에 몸을 팔아 그것으로 아버지의 목숨을 살려 드린 것입니다."

그는 깜짝 놀라서 말했다.

"참으로 그런 줄은 몰랐소. 그대가 이곳에서 벗어나려면 몸값을 얼마나 치러야 합니까?"

"이천 냥입니다."

이 말을 들은 홍순언은 당장 일어나 이천 냥의 돈을 갚아 주고 서로 작별했다. 여자는 여러 차례 절을 올리고 은혜로운 아버지라 부르면서 헤어졌다. 그 뒤 홍순언은 이런 일을 까맣게 잊어버리고 있었다.

여러 해가 지나 홍순언이 다시 중국으로 나간 일이 있었다. 가는 길에 중국 사람들이 '홍 역관님이 오시느냐?'라고 자주 물어서 이상하게 생각하며 북경에 거의 다다랐는데, 그때 길 왼편에 아름답게 장막을 쳐 놓고,

"병부 상서 석 대감께서 마중하시는 것이옵니다."

• **적몰(籍沒)** 무거운 죄를 지은 죄인의 재산을 나라에서 모두 빼앗고 가족까지도 처벌하는 일.

하며 그를 맞이하는 사람들이 있었다. 그들에게 이끌려 석 대감 집에 이르자 석성(石星) 상서가 몸소 나와서 절을 했다.

"은혜로운 장인님, 어서 오십시오. 따님이 기다린 지 오랩니다."

하고 그의 손을 이끌어 안방으로 모시는 것이었다. 그러고는 석 상서의 부인이 아리땁게 꾸미고 뜰아래 내려가서 절을 올렸다. 홍순언이 놀랍고 어려워 몸 둘 바를 몰라 하면서 안절부절못하고 있으니 석 상서가 웃으며 말했다.

"장인님은 따님을 벌써 잊으신 것이옵니까!"

그제야 홍순언은 그 부인이 바로 자기가 창루에서 몸을 빼내 주었던 여자인 것을 알았다. 그 여자는 석성의 재취 부인으로 들어갔는데, 석성의 벼슬이 높아져 이제 병부 상서에 이른 것이다. 석 씨가 귀하게 되자 부인은 손수 비단을 짜서 은혜를 갚는다는 뜻의 '보은' 두 글자를 수놓았다 한다. 홍순언이 돌아올 때 석 상서는 부인이 손수 짠 그 보은 비단을 모두 선사하고, 그 밖에 다른 비단이며 금이며 은 같은 선물을 헤아릴 수 없이 많이 주었다. 임진왜란 때에 석 상서가 병부를 맡아서 명나라가 조선에 출병할 것을 강력히 주장한 것은 그가 이런 인연으로 우리나라 사람을 의롭게 보았기 때문이었다 한다.

또 우리나라 장사꾼들의 단골 주인이었던 정세태의

이야기도 나왔다. 정세태는 북경에서도 제일가는 부
자로 꼽히던 사람이었는데 그가 죽자 살림이 여지없
이 흩어져 버리고 말았다. 그는 외동 손자 하나를 두었는데 남자 가
운데 절색이었으나 어려서 놀이판에 팔렸다고 한다. 정세태가 살았
을 적에 그의 회계를 맡아보던 임 씨가 이제 큰 부자가 되었는데,
놀이판에서 아리따운 소년이 놀이하는 것을 보고 마음이 끌렸
다. 누구냐고 물어보았더니 정세태의 손자라고 하여 서로 붙잡
고 울었다. 곧장 천 냥의 몸값을 치르고 빼내어 자기 집으로
데려가서 집안사람들에게 일렀다.

"이 사람을 잘 돌보아 주어라. 우리 집의 옛 주인이니 놀이판에 있
었다고 조금이라도 괄시해서는 안 된다."

소년이 자라나자 임 씨는 자기 재산을 아들과 반씩 나누어 살림을
차려 주었다. 정세태의 손자는 살결이 깨끗하고 통통했으며 얼굴이 곱
고 아름다웠는데, 이렇게 해서 아무 하는 일 없이 다만 북경 성중에
서 연날리기나 하며 놀았다고 한다.

• **홍순언이~선사하고** 서울에 보은단동이라는 곳이 있었으니 홍순언이 살던 곳으로 여기서 유래한 이름이
라 하며, 그때 받아 온 보은단을 사람들이 다투어 사갔다 한다.

이런 이야기도 있었다. 옛날에는 북경에서 물건을 사면 짐을 풀어서 검사해 보지 않아도 포장해 준 그대로 가지고 와서 맞추어 보면 조금도 틀리지 않았다. 한번은 북경에서 흰 털모자를 사서 포장해 보내라고 했는데 짐을 받아서 풀어 보니 흰 털모자가 아니고 모두 그냥 흰모자였다. 그래서 미리 살펴보지 않은 것을 후회했다. 마침 정축년에 두 번이나 국상이 나서 이 모자를 도리어 곱절이나 되는 값으로 팔았다. 그러나 이것은 우연히 벌어진 일이고 어쨌건 북경 장사치들이 옛날과 같지 않다는 증거이다. 요즘은 모든 물품을 우리나라 장사꾼들이 직접 포장하고 단골 주인에게 포장해서 보내도록 내맡기지 않는다 한다.

다음에는 역관 변승업의 이야기가 나왔다. 변승업이 병으로 드러눕자 돈놀이로 나간 돈을 모조리 헤아려 보려고 회계를 맡은 여러 청지기가 장부를 모아서 셈해 보았더니 은이 모두 오십만 냥이었다.

"이렇게 많은 돈을 주고받고 하는 일이 번거롭기도 하고 오래가면 장차 탈이 날 수도 있으니 이만 거두어들였으면 합니다."

그의 아들이 이렇게 말하자 승업은 화를 내며 나무랐다.

"이것은 서울 성안에 있는 일만 가구의 목숨 줄인데 어떻게 하루아침에 끊어 버린단 말이냐? 빨리 셈만 끝내고 그대로 두도록 해라."

승업이 늙은 뒤에 자손들에게 이렇게 훈계했다.

"내가 섬긴 조정의 대신들 가운데 나라 살림을 한 손에 쥐고 자기 살림살이처럼 삼은 분들이 많았지만 삼대까지 내려간 사람이 드물었다. 나라 안에 돈놀이하는 사람들이 우리 집에서 돈이 나가고 들어오는 것을 보아서 이자의 높낮이를 정하고 있으니, 이것 또한 우리가 나라 살림을 쥐고 있는 셈이다. 흩어 버리지 않으면 장차 화가 미칠 것이다."

그의 자손들이 번창하면서도 거의가 가난한 것은 승업이 늘그막에 재산을 많이 흩어 버렸기 때문이라 한다.

나도 일찍이 변승업의 재산에 대해 윤영이라는 이에게서 들은 이야기를 꺼냈다. 윤영은 변승업의 재물이 본디 저절로 굴러 들어와서 나라 안의 갑부가 되었으며 승업에게 이르러서는 조금 줄었다고 했다. 바야흐로 재산을 처음 일으킬 때에는 반드시 어떤 운명이 있었던 것으로서 허생의 일만 보아도 참으로 그렇다고 했다. 그런데 허생이 끝내 제 이름을 밝히지 않아서 세상에 그를 아는 사람을 찾지 못한다고 했다. 윤영의 이야기는 이러했다.

허생은 묵적골에 살았다. 바로 남산 밑에 닿아서 우물 위에 오래된 은행나무가 서 있고, 은행나무를 마주하여 사립문이 열려 있는데, 두어 칸 초가는 비바람을 막지 못할 정도였다. 그러나 허생은 글 읽기만 좋아했기 때문에 그의 아내가 남의 바느질품을 팔아서 입에 풀칠을 했다. 하루는 아내가 배를 몹시 곯아서 울음 섞인 목소리로 말했다.

"당신은 평생 과거를 보지 않으니 글을 읽어 무엇합니까?"

허생이 웃으며 대답했다.

• **정축년에~나서** 정축년(1757)에는 2월에 영조의 왕비 서 씨가 죽고, 3월에 대왕대비 김 씨가 죽어 국상이 두 차례나 났다.

"나는 아직 글을 다 읽지 못했소."

"그럼 장인바치 일이라도 할 수 없습니까?"

"장인바치 일은 본디 배우지 않았는데 어떻게 하겠소?"

"그럼 장사는 못하십니까?"

"장사는 밑천이 없는 걸 어떻게 하겠소?"

아내가 왈칵 짜증을 내며 소리쳤다.

"밤낮으로 글을 읽더니 기껏 '어떻게 하겠소?' 소리만 배웠단 말씀입니까? 장인바치 일도 못한다, 장사 일도 못한다면 도둑질이라도 왜 좀 못하십니까?"

허생이 읽던 책을 덮어 놓고 일어났다.

"안타깝구나. 내가 처음에 글을 십 년 동안 읽기로 기약하고 이제 칠 년이 되었는데……."

하고는 휙 문밖으로 나가 버렸다. 허생은 거리에 서로 알 만한 사람이 없었기에 바로 운종가로 나가서 길거리 사람을 붙들고 물었다.

"한양 성안에서 누가 가장 부자요?"

변 씨가 가장 부자라고 일러 주는 사람이 있어서 허생은 변 씨 집을 찾아갔다. 찾아서 길게 인사를 올리고 허생이 말했다.

"내가 집이 가난해서 무얼 좀 시험해 보고자 해서 그러니, 만 냥만 꾸어 주기 바라오."

"그렇게 하시오."

변 씨는 두말없이 만 냥을 내어 주었다. 허생은 고맙다는 인사도 없이 가 버렸다. 변 씨의 아들과 아우와 손님 들이 허생을 보니 영락없

는 거지였다. 실띠의 술이 빠져 너덜너덜하고, 갓신의 뒷굽이 빠졌으며, 쭈그러진 갓에 허름한 도포를 걸치고, 코에서는 맑은 콧물이 흘렀다. 허생이 나가자 모두들 어리둥절해서 물었다.

"저이를 아십니까?"

"모르지."

"아니, 누군지도 알지 못하는 사람에게 댓바람에 만 냥을 그냥 내던져 버리고 성명도 묻지 않으시니 도대체 무슨 영문입니까?"

변 씨가 이렇게 말했다.

"이건 너희들이 알 바 아니다. 대체로 남에게 무엇을 빌리러 오는 사람은 으레 자기 뜻을 그럴듯하게 떠벌리고, 신용을 자랑하면서도 비굴한 빛이 얼굴에 나타나고, 같은 말을 거듭 되풀이하게 마련이다. 그런데 저 사람은 행색이 허술하지만 말이 짤막하고 눈을 오만하게 뜨며, 얼굴에 부끄러움이 없는 것으로 보아서 재물이 없어도 스스로 만족할 수 있는 사람이다. 그 사람이 시험해 보겠다는 일이 적은 일이 아닐 듯해서 나 또한 그를 시험해 보려는 것이다. 안 주면 모르되 이왕 줄 바에야 성명은 물어서 뭘하겠느냐?"

허생은 만 냥을 손에 쥐자 다시 자기 집에 들르지도 않고 바로 안성으로 내려갔다. 안성은 경기도와 충청도 사람들이 마주치는 곳이고 삼남의 길목이기 때문이다. 거기서 대추, 밤, 감, 배며 석류, 귤, 유자 따위 과일을 모조리 곱절의 값으로 사들였다. 허생이 과일을 몽땅 쓸어 모았기 때문에 온 나라가 잔치나 제사를 못 지낼 형편에 이르렀다. 얼마 안 가서 허생에게 곱절의 값으로 과일을 팔았던 장사꾼들이 도리어 열 곱절의 값을 주고 사 가게 되었다. 허생은 길게 한숨을 내쉬었다.

"만 냥으로 온갖 과일의 값을 좌우했으니 이 나라의 형편을 알 만하구나!"

그는 다시 칼, 호미, 옷감 따위를 사 가지고 제주도에 건너가서 말총을 죄다 사들이면서 말했다.

"몇 해 지나면 나라 안의 사람들이 머리를 싸매지 못할 것이다."

허생이 이렇게 말하고 얼마 안 가서 과연 망건 값이 열 곱절로 뛰어

● **삼남** 충청도, 전라도, 경상도.

올랐다. 허생이 늙은 사공을 만나 물었다.

"바다 밖에 혹시 사람이 살 만한 빈 섬이 없던가?"

"있습지요. 언젠가 풍파를 만나 서쪽으로 줄곧 사흘 동안을 흘러가서 어떤 빈 섬에 닿은 적이 있습니다. 아마 사문과 장기 가운데쯤 될 겁니다. 꽃과 나무는 제멋대로 자라나고, 과일과 열매가 절로 익어 가고, 짐승은 떼를 지어 놀았으며, 물고기들이 사람을 보고도 놀라지 않았습니다."

그가 대단히 기뻐하며 말했다.

"자네가 만약 나를 그곳으로 데려다 주면 나와 함께 부귀를 누리게 해 주겠네."

사공이 그러자고 했다. 드디어 바람을 타고 동남쪽으로 가서 그 섬에 이르렀다. 허생은 높은 곳에 올라가서 사방을 둘러보고 실망하여 말했다.

"땅이 천 리도 못 되니 무엇을 해 보겠는가? 땅이 기름지고 물이 좋으니 다만 배부른 늙은이가 될 수는 있겠구먼."

"텅 빈 섬에 사람이라곤 하나도 없는데 대체 누구와 더불어 사신단 말씀입니까?"

사공이 말했다.

"덕이 있으면 사람은 절로 모인다네. 덕이 없을까 두렵지, 사람이 없는 것이야 근심할 것이 있겠나."

이때 전라도 변산에 수많은 도둑이 떼를 지어 우글거리고 있었다. 여러 지방에서 군사를 모아 도적 떼를 잡으려

했으나 좀처럼 잡히지 않았고, 도적들도 감히 나다니지를 못해서 배고
프고 곤란한 판이었다. 허생이 도적 떼의 산채를 찾아가서 우두머리
를 만나 달랬다.

"천 명이 천 냥을 빼앗아 와서 나누면 하나 앞에 얼마씩 돌아가는
가?"

"한 냥씩이지요."

"모두 아내가 있는가?"

"없습니다."

"논밭은 있는가?"

도둑들은 어이가 없어 웃었다.

"땅이 있고 처자식이 있는 놈들이 무엇하러 괴롭게 도둑이 된단 말
입니까?"

"정말 그렇다면 왜 아내를 얻고, 집을 짓고, 소를 사서 논밭을 갈고

● **사문**(沙門) 지금의 마카오.
● **장기**(長崎) 일본 규슈에 있는 항구 도시, 나가사키.

지내려 하지 않는가? 그러면 도둑놈 소리도 안 듣고, 집에 살면서 부부의 즐거움도 누릴 것이고, 돌아다녀도 잡힐까 걱정할 것이 없고, 오래도록 넉넉하게 먹고 입으며 살 수 있지 않겠는가?"

"아니 누가 그걸 바라지 않겠습니까? 다만 돈이 없어 못할 뿐이지요."

허생이 웃으며 말했다.

"도둑질을 하면서 어찌 돈을 걱정하는가? 내가 그대들에게 마련해 주겠네. 내일 바닷가에 나와들 보게. 붉은 깃발을 단 배는 모두 돈을 실은 배일 테니 마음대로 가져들 가게."

허생이 도둑들과 약속을 하고 내려가자 그들은 모두 허생을 미친놈이라고 비웃었다. 다음 날 여러 도둑이 헛일 삼아 바닷가에 나가 보았더니 과연 허생이 삼십만 냥의 돈을 싣고 와 있었다. 모두들 크게 놀라 허생 앞에 줄지어 절을 했다.

"오직 장군의 명령을 따르겠습니다."

"너희 힘대로 짊어지고 가거라."

이에 도둑들이 다투어 돈을 짊어졌으나 한 사람이 백 냥 넘게 지지 못했다.

"너희들 힘으로 한껏 백 냥도 못 지면서 무슨 도둑질을 하겠느냐? 너희는 양민이 되려고 해도 이름이 도둑의 장부에 올랐으니 갈 곳이 없다. 내가 여기서 너희를 기다릴 것이니 한 사람이 백 냥씩 가지고 가서 여자 한 명, 소 한 마리를 거느리고 오너라."

허생의 말에 도둑들이

모두 좋아라 하며 흩어져 갔다. 허생은 이천 명이 한 해 동안 먹을 양
식을 몸소 준비하고 기다렸다. 도둑들은 빠짐없이 모두 돌아왔다. 드
디어 다들 배에 싣고 그 빈 섬으로 들어갔다. 허생이 도둑을 몽땅 쓸
어가자 나라 안에 시끄러운 일이 사라졌다.

　그들은 나무를 베어 집을 짓고 대를 엮어 울을 만들었다. 땅기운이
온전해서 온갖 곡식이 잘 자라 한 해나 세 해씩 걸러 짓지 않아도 한
줄기에 아홉 이삭이 달렸다. 삼 년 먹을 양식을 갈무리해 두고 나머지
를 모두 배에 싣고 장기로 가져가서 팔았다. 장기라는 곳은 삼십만여
호가 있는 일본의 한 지방인데, 한참 흉년이 들었기에 도움을 주고 은
백만 냥을 얻을 수 있었다. 허생이 이렇게 탄식했다.

　"이제 나의 조그만 시험이 끝났구나."

　이에 남녀 이천 명을 모아 놓고 말했다.

　"내가 처음에 너희와 이 섬에 들어올 때엔 먼저 부유하게 한 다음
따로 글자를 만들고 의관을 새로 제정하려 하였더니라. 그런데 땅이
너무 좁고 내가 덕이 엷으니 나는 이제 여기를 떠나야겠다. 다만
아이들을 낳거든 오른손에 숟가락을 쥐게 하고, 하루라도 먼저
난 사람이 먼저 먹도록 양보하게 해라."

　허생은 다른 배들을 모조리 불사르면서 말했다.

　"가지 않으면 오는 이도 없을 것이다."

　또 돈 오십만 냥을 바다 가운
데 던지며 말했다.

"바다가 마르면 주워 갈 사람이 있겠지. 백만 냥은 우리나라에도 쓰일 곳이 없거늘 하물며 이런 작은 섬에서 어디에 쓰겠는가!"

그리고 글을 아는 사람을 골라 모조리 함께 배에 태우면서 말했다.

"이 섬에나마 화근을 없애야지."

허생은 나라 안을 두루 다니며 가난하고 불쌍한 사람들을 구제했다. 그러고도 은이 십만 냥이나 남았다.

"이건 변 씨에게 갚을 것이다."

허생이 변 씨를 찾아가서 물었다.

"나를 알아보시겠소?"

변 씨가 놀라며 말했다.

"그대 얼굴빛이 예전보다 조금도 나아지지 않았으니 내 돈 만 냥을 모두 헛되이 버린 것이오?"

허생이 웃으며 말했다.

"재물에 따라 얼굴빛이 좋아지기도 하고 나빠지기도 하는 것은 당신들 일이오. 돈 만 냥이 어찌 도를 살찌게 하겠소?"

십만 냥을 변 씨에게 내놓으며 다시 말했다.

"내가 하루아침의 주림을 견디지 못해서 글 읽기를 중도에 그만두고 당신에게 만 냥을 빌렸던 것이 참으로 부끄럽소."

변 씨는 크게 놀라서 일어나 절하며 사양하고 십 분의 일로 이자를 쳐서 받겠노라 했다. 허생이 잔뜩 역정을 내어 소리쳤다.

"당신은 나를 장사치로 보는 거요?"

그러고는 소매를 뿌리치고 가 버렸다. 변 씨는 가만히 그의 뒤를 따라갔다. 허생이 남산 밑으로 가서 조그만 초가로 들어가는 것이 멀리서 보였다. 한 늙은 할미가 우물터에서 빨래를 하고 있기에 변 씨가 물었다.

"저 조그만 초가가 누구의 집이오?"

"허 생원 댁입지요. 가난한 형편에 글공부만 좋아하더니 하루아침에 집을 나가서 오 년이 지나도록 돌아오지 않는답니다. 시방 부인이 혼자 사는데 집을 나간 날로 제사를 지낸다고 합니다."

변 씨는 비로소 그의 성이 허씨라는 것을 알고 탄식하며 돌아갔다. 이튿날 변씨는 받은 돈을 모두 가지고 그 집을 찾아가서 돌려주려 했으나 허생이 받지 않고 거절했다.

"내가 부자가 되고 싶었다면 백만 냥을 버리고 십만 냥을 받겠소? 이제부턴 당신의 도움으로 살아가겠으니, 당신은 가끔 나를 와서 보고 양식이나 떨어지지 않고 옷이나 입도록 해 주오. 일생을 그러면 넉넉하지, 재물 때문에 정신을 괴롭힐 까닭이 뭐겠소?"

변 씨가 허생을 여러 가지로 권유했으나 끝끝내 어찌할 도리가 없었다. 변 씨는 그때부터 허생의 집에 양식이나 옷이 떨어질 때쯤 되면 몸소 찾아가 도와주었다. 허생은 그것을 반갑게 받아들였으나 어쩌다가 많이 가지고 가면 좋지 않은 낯빛으로 말했다.

"나에게 재앙을 갖다 맡기면 어찌하오?"

그러나 가끔 술병을 들고 찾아가면 아주 반가워하며 서로 술잔을 기울여 취하도록 마셨다. 이렇게 몇 해가 지나는 동안에 두 사람 사이에 사귐이 날로 두터워 갔다. 어느 날 변 씨가 오 년 동안에 어떻게 백만 냥이나 되는 돈을 벌었느냐고 조용히 물어보았다. 허생이 이렇게 대답했다.

"그야 가장 알기 쉬운 일이지요. 조선이란 나라는 배가 외국에 나다니질 않고 수레가 나라 안에 다니질 못해서 온갖 물화가 생겨난 자리에서 그대로 없어지지요. 무릇 천 냥은 적은 돈이라 한 가지 물종을 독점할 수 없지만, 그것을 열로 쪼개면 백 냥이 열이라 또한 열 가지 물건을 살 수는 있잖소? 단위가 적으면 굴리기가 쉬워 한 물품에서 실패를 보더라도 다른 아홉 가지의 물품에서 재미를 볼 수 있으니 이것은 작은 이익을 보려는 조그만 장사치들이 하는 짓 아니오? 만 냥쯤을 가지면 능히 한 가지 물종을 독점할 수 있어서 수레면 수레, 배면 배, 한 고을이면 한 고을을 모조리 마치 총총한 그물로 훑어 내듯 할 수 있지요. 뭍에서 나는 만 가지 가운데 슬그머니 하나를 훑어 쥐고, 의원의 만 가지 약재 가운데 슬그머니 한 가지를 홀로 차지하면, 한 가지 물종이 한 곳에 묶여 있는 동안 모든 장사치에게는 고갈될 것이므로 이는 백성을 해치는 길이 될 것입니다. 뒷날 나라를 맡은 이들이 만약 나와 같은 수단을 쓴다면 반드시 나라를 병들게 할 것이오."

"처음에 내가 선뜻 만 냥을 꾸어 주리라 믿고 찾아와서 청했습니까?"

허생이 이렇게 대답했다.

"당신만이 내게 꼭 빌려 줄 수 있었던 것은 아니고, 능히 만 냥을 지닌 사람이라면 누구나 다 빌려 주었을 것이오. 내 스스로 백만 냥쯤은 얼마든지 모을 수 있는 재주를 지녔다고 생각했으나 운명은 하늘에 매인 것이니 낸들 그것을 어찌 알겠소? 그러므로 나의 말을 들어 주는 사람은 복이 있는 사람이라, 반드시 더욱더 큰 부자가 되게 하는 것은 하늘이 시키는 일일 텐데 어찌 주지 않았겠소? 이미 만 냥을 빌린 다음에는 그의 복력에 기대어 일을 한 까닭으로 하는 일마다 성공하지 않을 수가 없었던 것이지요. 만약 내가 홀로 했다면 성패는 알 수가 없었을 것이요."

변 씨가 이번에는 딴 이야기를 꺼냈다.

"요즘 사대부들이 남한산성에서 오랑캐에게 당했던 치욕을 씻어 보고자 하니 지금이야말로 슬기로운 선비가 팔뚝을 걷고 일어설 때가 아니겠습니까? 선생의 그런 재주로 어찌 세상을 모르는 것처럼 파묻혀 지내려 하십니까?"

"어허, 자고로 묻혀 지낸 사람이 한둘이겠소? 우선 졸수재 조성기 같은 분은 적국에 사신으로 보낼 만한 인물이었건만 베잠방이로 늙어 죽었고, 반계거사 유형원 같은 분은 전쟁이 터지면 군량을 조달할 만한 재능이 있었건만 저 바닷가에서 떠돌다가 죽지 않았소? 지금 나라 정치를 맡은 사람들이야 알 만한 것들이지요. 나는 장사를 잘하는 사람이라 내가 번 돈으로 청나라 황제 아들의 머리를 사고도 남았으나 바닷속에 던져 버리고 돌아온 것은 도대체 쓸 곳이 없기 때문이었지요."

● 졸수재(拙守齋) 조성기(趙聖期, 1638~1689) 숙종 때의 학자로 '졸수재'는 호이다. 《졸수재집(拙守齋集)》을 지었다.
● 반계거사 유형원(柳馨遠, 1622~1673) 실학파의 선구자로 '반계(磻溪)'는 호이다. 지은 책으로는 《반계수록(磻溪隨錄)》이 있다.

변 씨는 한숨만 내쉬고 돌아갔다. 변 씨는 본디 이완 정승과 잘 아는 사이였다. 이완이 그때에 어영대장이 되어서 변 씨에게 길거리나 여염집에 혹시라도 쓸 만한 인재가 없는가를 물었다. 변 씨가 허생의 이야기를 했더니 이완 대장은 깜짝 놀라면서 물었다.

"그게 정말인가? 그의 이름이 무엇이라 하던가?"

"소인이 그분과 벌써 삼 년이나 가까이 사귀었으나 여태껏 이름도 모릅니다."

"그 이는 이인일 것이야. 자네와 같이 가 보세."

이완 대장은 밤에 거느리는 아랫것들을 다 물리치고 변 씨만 데리고 걸어서 허생을 찾아갔다. 변 씨는 이 대장을 문밖에 서서 기다리게 하고 혼자 먼저 들어가서 허생에게 이 대장이 몸소 찾아온 까닭을 이야기했다. 허생은 못 들은 척하고 말했다.

"차고 온 술병이나 어서 이리 내놓으시오."

그리하여 즐겁게 술을 들이켜는 것이었다. 변 씨는 이 대장을 밖에 오래 서 있게 하는 것이 민망해서 자주 말했으나, 허생은 대꾸도 않다가 밤이 깊어서야 비로소 손을 부르게 했다. 이 대장이 방에 들어와도 허생은 자리에서 일어서지도 않았다. 이완 대장은 몸 둘 곳을 몰라 하며 나라에서 어진 인재를 구하는 뜻을 설명하자 허생은 손을 내저으며 막았다.

"밤은 짧은데 말이 길어서 듣기에 지루하오. 당신은 지금 무슨 벼슬을 하고 있소?"

"대장입니다."

"그렇다면 당신은 나라의 신임 받는 신하로군요! 내가 제갈량 같은
이를 추천하겠으니, 당신은 임금께 아뢰어서 그분의 오막살이에 세 차
례 찾아가도록 하겠소?"

이 대장이 고개를 숙이고 한참 생각하다가 말했다.

"어렵습니다. 둘째 계책을 듣고자 하옵니다."

"나는 원래 '둘째'라는 것은 모른다오."

● 이인(異人) 재주가 신통하고 비범한 사람.

허생은 딴청을 부리다가 이 대장의 간청에 못 이겨 말을 이었다.

"명나라 장수와 선비들이 조선에는 묵은 은혜가 있다고 하여 그 자손들이 우리나라로 많이 망명해 와서 정처 없이 홀아비들로 떠돌고 있소. 당신이 조정에 청하여 종실의 딸들을 내어 모두 그들에게 시집을 보내고, 임금의 친척이나 높은 벼슬아치의 집을 빼앗아 그들에게 나누어 줄 수 있겠소?"

이 대장은 또 머리를 숙이고 한참을 생각하더니 간신히 대답했다.

"어렵습니다."

"이것도 어렵다 저것도 어렵다 하면 도대체 무슨 일을 하겠다는 말이오? 여기 가장 쉬운 일이 있는데 이것은 당신이 할 수 있겠소?"

"말씀을 듣고자 하옵니다."

"무릇 천하에 큰 뜻을 외치려면 먼저 천하의 호걸들과 사귀며 손을 잡지 않고는 안 되고, 남의 나라를 치려면 먼저 첩자를 보내지 않고는 성공할 수 없는 법이오. 지금 만주 정부가 갑자기 천하의 주인이 되어서 중국 겨레들과는 친근해지지 못하는 판에, 조선이 다른 나라보다 먼저 섬겨 저들이 우리를 가장 믿는 터이잖소? 진실로 당나라 원나라 때처럼 우리 자제들이 유학 가서 벼슬까지 하도록 허용해 줄 것과 상인의 출입을 금하지 말도록 할 것을 간청하면 저들도 반드시 자기네에게 가까이하려 함을 보고 기뻐 승낙할 것이오.

나라 안에 그럴 만한 사나이들을 가려 뽑아 머리를 깎고 되놈의 옷을 입혀서 그 가운데 선비는 과거 시험을 치고, 또 서민은 멀리 강남에 건너가서 장사를 하면서 저 나라의 실정을 정탐하는 한편, 저 땅의 호걸들과 손을 잡는다면 한 번 천하를 뒤집고 나라의 치욕을 씻을 수 있을 것이오. 그리고 만약 명나라 황족에게서 사람을 찾아도 얻지 못할 때에는 천하의 제후를 거느리고 적당한 사람을 하늘에 천거하면 되겠지요. 이렇게 하면 나아가서는 대국의 스승이 될 것이고, 물러나서도 외삼촌 나라의 지위를 잃지는 않을 것이오."

이 대장은 놀라서 멍해 가지고 말했다.

"사대부들이 모두 조심스럽게 예법을 지키는데 누가 머리를 깎고 되놈의 옷을 입으려 하겠습니까?"

허생은 크게 꾸짖어 말했다.

"소위 사대부란 것들은 무엇이란 말이냐? 오랑캐 땅에서 태어나 자칭 사대부라 뽐내다니 이런 어리석을 데가 있느냐? 의복은 흰옷을 입으니 그것이야말로 상주나 입는 것이고, 머리털을 한데 묶어 송곳같이 만드는 것은 남쪽 오랑캐의 습속에 지나지 않는데, 대체 무엇을 가지고 예법이라 한단 말인가? 번오기는 원수를 갚기 위해서 자신의 머리를 아끼지 않았고, 무령왕은 나라를 강성하게 만들고자 되놈의 옷을 부끄럽게 여기지 않았다. 이제 대명을 위해 원수를 갚겠다면서 그까짓 머리털 하나를 아끼고, 또 장차 말을 달리고 칼을 쓰고 창을 던지고 활을 당기고 돌을 던져야 할 판국에 넓은 소매의 옷을 고쳐 입

* **외삼촌 나라** 중국 천자가 성이 다른 제후를 높여서 '외삼촌'이라 불렀다.
* **번오기(樊於期)** 중국 진나라의 장수로 연나라에 망명했다. 형가가 진시황을 암살하려고 진나라에 들어갈 적에 번오기가 스스로 제 머리를 베어 형가가 진시황에 접근할 수 있도록 했다.
* **무령왕** 중국 조나라의 임금. 북방 오랑캐와 맞서 싸우려고 전쟁에 편리한 오랑캐의 옷을 입었다.

지 않고 딴에 예법이라고 한단 말이냐? 내가 세 가지를 들어 말했는
데 너는 한 가지도 행하지 못한다면서 그래도 신임 받는 신하라 하겠
느냐? 신임 받는 신하라는 게 참으로 이렇단 말이냐? 너 같은 놈은
칼로 목을 잘라야 마땅할 것이다."

좌우를 돌아보며 칼을 찾아서 찌르려고 하자 이 대장이 놀라서 일
어나 급히 뒷문으로 뛰쳐나가 도망쳐서 돌아갔다. 이튿날 허생의 집을
다시 찾아가 보았더니 허생은 간 곳이 없고 집만 텅 비어 있었다.

어떤 이는 말하기를 허생이 명나라의 유민일 것이라고 한다. 명나라가 무너진 숭정 갑신년(1644) 뒤로 명나라에서 망명해 온 사람이 많았으니, 그도 혹시 그런 사람들 가운데 하나였다면 성씨 또한 꼭 허씨가 아닐 수도 있는 일이다.

세상에 이런 이야기도 흘러온다. 조계원 판서가 경상 감사로 있을 때 지방을 순행하다가 청송 지경에 이르렀다. 길 왼편에 웬 중 둘이 서로 베고 누워 있었다. 앞장선 사람들이 쫓아가서 고함을 질러도 피하지 않고, 채찍으로 갈겨도 일어나지 않았으며, 여럿이 덤벼들어 마구 잡아 일으켜도 꿈쩍하지 않았다. 조 감사가 가까이 닿아서 가마를 멈추고 물었다.

"어느 절의 중들인가?"

두 중은 일어나 앉더니 더욱 오만한 태도로 한동안 눈을 흘기며 노려보다가 소리쳤다.

"너는 헛된 큰소리를 치고 권세에 빌붙어서 감사 자리를 얻은 자가 아니냐?"

조 감사가 두 중을 바라보니 하나는 붉은 얼굴이 둥그랗고, 하나는 검은 얼굴이 기름한데 말씨가 아주 범상치 않게 느껴졌다. 조 감사는 가마에서 내려 말을 붙여 보려 했다.

"따르는 사람을 모두 물리치고 우리를 따라오너라."

• **조계원**(趙啓遠, 1592~1670) 인조 때 문과에 급제해 벼슬이 형조 판서에 이르렀던 인물.

두 중이 조 감사에게 하는 말이었다. 조 감사는 두어 마장을 따라가지 않아서 숨이 가쁘고 땀이 줄줄 흘러 잠깐 쉬어 가기를 청했다. 중들이 역정을 내며 여지없이 꾸짖었다.

"네가 평소에 많은 사람이 있는 좌석에서 언제나 큰소리로 몸에 갑옷을 입고 창을 꼬나 잡고 선봉에 서서 대명을 위해 복수하고 치욕을 씻겠노라 떠벌이지 않았느냐? 이제 겨우 두어 마장을 걷는 동안 한 발짝 옮길 때마다 숨을 열 번이나 몰아쉬고, 다섯 발짝 옮길 때마다 쉬기를 세 차례나 하면서 어떻게 요동과 계주의 벌판에서 말을 달릴 수 있단 말이냐?"

한 바위 밑에 이르러 보니 거기 나무에 붙여 집이라고 얽어 놓았는데 밑에는 섶을 깔고 그 위에 앉도록 되어 있었다. 조 감사가 목이 말라서 물을 청하자 중은 '흥, 이 양반은 귀인이니 배도 고프겠지.' 하면서 누런 가루로 만든 떡을 먹으라고 주고, 솔잎 가루를 개울물에 타서 주는 것이었다. 조 감사는 오만상을 찌푸리고 먹지를 못했다. 중이 다시 호통을 쳤다.

"요동 벌은 물이 귀해서 목이 마르면 말 오줌도 마셔야 한다."

그러고는 두 중이 서로 붙들고 '손 선생 어른'을 부르면서 통곡하다가 다시 조 감사에게 묻는다.

"오삼계가 운남에서 병사를 일으켜 강소와 절강 지방이 들끓고 있

* **오삼계(吳三桂)** 명나라가 망한 다음 청나라를 타도하려고 운남에서 일어나 한때 귀주, 사천, 호남, 광서 지역을 차지했으나, 그가 병으로 죽은 뒤에 청나라에 진압되고 말았다.

는 사실을 너는 들어서 아느냐?"

"아직 듣지 못했소이다."

두 중은 한숨을 쉬고 말했다.

"명색이 한 도를 맡은 감사의 몸으로 천하에 이런 큰일이 일어난 것도 모르다니, 함부로 큰소리만 쳐서 벼슬자리를 얻었을 뿐이로구나."

조 감사는 그들에게 대관절 누구냐고 물어보았다.

"물을 것도 없다. 세상에 우리를 아는 사람도 있을 것이다. 너는 잠깐 앉아서 기다리고 있어라. 우리 스승님을 모시고 오겠다. 너에게 하실 말씀이 있을 것이다."

이렇게 대답하고 함께 일어나서 깊은 산골로 들어갔다. 조금 지나자 해는 지고 중들은 오래도록 돌아오지 않았다. 조 감사가 중들이 돌아오기를 기다리느라 밤이 깊어졌다. 바람이 윙윙 부는 소리에 초목이 흔들리는데 범의 '어흥' 하는 소리가 들려왔다. 조 감사는 무서운 마음이 왈칵 들어서 거의 기절할 뻔했다. 이윽고 여러 사람이 횃불을 밝히고 감사를 찾아왔다. 조 감사는 그런 낭패를 보고 산속에서 내려왔다. 이런 일이 있은 뒤로 오랫동안 조 감사는 늘 침통한 마음에 스스로 탄식을 금치 못했다. 뒷날 우암 송시열 선생에게 물어보았더니 선생은 이렇게 말했다.

"그분들은 명나라 말기의 총병관같이 보이는군요."

"처음부터 저를 얕잡아 '너'라고 부른 까닭은 무엇일까요?"

"스스로 자기들이 우리나라 중이 아님을 밝힌 것 같군요. 섶을 쌓아 놓고 앉은 것은 와신상담을 뜻하는 것이고……."

"울면서는 왜 하필 '손 선생 어른'을 불렀을까요?"

"태학사 손승종을 말하는 것 같군요. 손승종이 일찍이 산해관에서 군대를 거느리고 청나라와 싸웠는데, 두 중은 아마도 그의 부하였을 듯하오."

나는 스무 살 때에 봉원사에서 글을 읽고 있었다. 그때 한 손님이 음식을 조금밖에 들지 않으면서 밤새도록 눈을 붙이지 않은 채 도인법을 하고, 한낮이 되면 문득 벽에 기대앉아 잠깐 눈을 감고 용호교를 하는 것이었다. 나이가 상당히 많은 듯해서 나는 그를 곁으로 공손히 대했다. 그 노인이 가끔 나에게 허생의 일이라든지 염시도, 배시황, 완흥군 부인의 이야기를 들려주었다. 재미있게 흘러나오는 수많은 이야기가 여러 날 밤을 끊이지 않았으며, 이야기들이 모두 기이하고 괴상하지만 넉넉히 들을 만했다. 그때 그가 자기 성명을 윤영이라 했다. 이것이 병자년(1756) 겨울의 일이다.

그 뒤 계사년(1773) 봄에 나는 평안도로 놀러 간 적이 있다. 비류강에

- **총병관** 중국 명나라와 청나라 때의 군대 직책 이름. 한 성(省)을 총괄하는 제독(提督) 아래서 한 진(鎭)을 통솔하는 지휘관.
- **와신상담**(臥薪嘗膽) 거북한 섶에 몸을 눕히고 쓸개를 맛본다는 뜻으로, 원수를 갚거나 마음먹은 일을 이루기 위해 온갖 어려움과 괴로움을 참고 견딤을 비유적으로 이르는 말.
- **손승종**(孫承宗) 명나라가 멸망할 적에 병부 상서를 지내며 청나라의 침입을 막아 싸우다가 죽었다. 지략이 뛰어나고 국방 문제에 밝았다고 한다.
- **산해관**(山海關) 만리장성의 마지막 관문.
- **도인법, 용호교** 도교에서 신선이 되게 하는 수양법.
- **염시도**(廉時道) 허적(許積)의 종이있는데 기이한 능력이 많아 이야기의 주인공으로 널리 알려졌다.

서 배를 타고 십이봉 밑에 닿자 조그만 암자 하나가 있었다. 윤 노인이 혼자 한 스님과 그 암자에 거처하고 있다가 나를 보더니 뛸 듯이 반가 워하고 서로 안부를 물었다. 그 사이 십팔 년 동안에 얼굴 모습이 조 금도 더 늙은 것 같지 않았고, 나이가 여든이 넘었을 텐데 걸음걸이도 나는 듯했다. 나는 허생의 이야기에서 한두 가지 미심쩍은 점을 물었 더니 노인이 설명하는데 어제 일같이 환히 밝혀서 들려주는 것이었다.

"자네가 전에 《한창려집》을 읽더니……."

노인은 이렇게 말하고 이어서 또 다음과 같이 말했다.

"자네가 전에 〈허생전〉을 짓겠다 했는데 이미 글은 완성되었겠지?"

나는 아직 손대지 못하고 있는 것을 사과했다. 서로 말하는 가운데 내가 '윤 노인' 하고 그를 불렀더니 노인은 짐짓 말했다.

"나는 성이 신가이지 윤가가 아닐세. 자네가 잘못 안 모양이로구먼."

나는 어리둥절해서 노인의 이름을 물었더니 이름은 색이라고 대답 했다. 내가 다시 따져 물었다.

"노인이 전에 성명을 윤영이라 하시지 않았던가요? 지금 어째서 갑 자기 신색이라고 바꾸어 말하십니까?"

노인은 버럭 성을 냈다.

"자네가 잘못 알고서 남을 보고 성명을 바꾸었다고 말을 해!"

내가 다시 따지려 하자 노인은 더욱 노하여 푸른 눈동자를 번득였 다. 나는 비로소 노인이 무슨 뜻을 지닌 사람인 것을 알았다. 어쩌면 역적으로 몰려서 집안이 문을 닫은 사람이거나, 아니면 옳지 못한 이 단으로 세상을 피하고 자취를 감춘 무리인지도 모를 노릇이었다. 내가

문을 닫고 나오자 노인은 혀를 차면서 이렇게 말했다.

"애처롭군! 허생의 아내는 필경 또다시 굶주렸을 것이야."

또 경기도 광주 신일사에 한 노인이 있었다. 별호를 약립 이 생원이라 하는데 나이는 아흔 살이 넘었으나 힘은 범을 움켜잡을 만하고 바둑과 장기를 잘 두었다. 가끔 우리나라의 옛날 역사를 이야기할 때면 말씨가 바람에 휘날리는 듯하다고 했다. 그의 이름을 아는 이가 없다고 하는데, 나이와 모습을 들어보니 윤영과 매우 닮은 것 같았다. 나는 그분을 찾아가 만나 보고 싶었으나 뜻을 이루지 못했다.

세상에는 참으로 이름을 감추고 숨어 살면서 세상을 노리개로 삼고 허리를 굽히지 않는 사람도 없지 않다. 하필 허생에 대해서만 의심을 둘 것이겠는가.

평계의 국화 아래서 술을 조금 마시고 붓을 들어 썼다.

- 《한창려집》 중국 당나라 때 문장가 한유(韓愈)의 문집 《창려선생집》(40권)을 말한다.
- 평계(平谿) 박지원이 마흔세 살 이후에 살던 서울의 지명.

세상을 통하게 하는 사람

조선 시대에 사역원에 속해서 통역과 번역을 맡아보는 관리를
'역관(譯官)'이라고 불렀습니다. 이들은 외국 사신이 우리나라에 오거나 우리
사신이 외국을 방문할 때 통역을 맡아 외교 관계에서 중요한 역할을 했습니다.
하지만 신분상 중인이라는 한계 때문에 사회적으로 주목받지 못했지요.
역관의 활약상을 통해, 그들이 걸었던 길을 우리도 잠시 밟아 봅시다.

당대의 국제 '통', 역관

조선 시대 역관들은 능통한 외국어 실력과
탁월한 식견으로 통역관으로서뿐만 아니
라 국제 무역상으로도 활약했습니다. 하지
만 양반들은 상업을 천시해 이들을 얕잡
아 보았습니다. 역관들의 국제 무역은 개인
적으로 부를 축적하는 것에 그치지 않고,
국가의 외교 경비 마련에도 톡톡히 기여했
습니다. 양반들이 국제 실정에 어두울 때
에도, 역관들은 그 누구보다 선진 문물 수
용에 앞장서서 시대를 이끌어 나갔습니다.
실학자인 박지원이 역관들의 이야기에 매
료된 것도 우연은 아니겠지요?

《노걸대》. 현전하는 세계에서 가장 오래된
중국어 학습 교재.

외국어는 역관의 힘!

조선 시대의 과거 제도에는 역관을 뽑는
역과(譯科)가 있었는데, 중국어, 몽골어, 여
진어, 일본어 등으로 나눠 시험을 치렀습니
다. 특히 중국과의 외교가 중요했던 만큼
역관들은 중국어 공부에 힘을 기울였습니
다. 그들은 《노걸대(老乞大)》라는 책으로 공
부를 했습니다. 《노걸대》는 세계에 현전하
는 가장 오래된 중국어 학습 교재로, 딱딱
한 이론 대신 여행 중에 일어난 이야기를
중심으로 엮여 있습니다. 이렇게 역관들은
국가와 국가 사이에 언어와 언어를 통하게
하고, 물건과 물건을 통하게 하고, 사람과
사람을 통하게 하는 국제 '통'이었습니다

실존 인물 변승업과
조선 최고의 갑부

만 냥을 빌려 달라는 허생에게
선뜻 돈을 내어 준 변승업(卞承
業)은 실존 인물입니다. 그의
집안사람들은 대대로 역관을
지냈는데, 변승업을 비롯해 변
씨 집안 아홉 형제 가운데 여
섯이 역관으로 활동했답니다.
역관들이 큰 부자가 될 수 있
었던 것은 감독자의 위치에서
벗어나 무역에 참여할 수 있었
기 때문입니다. 변승업의 집안
이 어떻게 조선 최고의 갑부가
될 수 있었는지 짐작할 수 있
을 것입니다.

《첩해신어》. 1676년 강우성이 만든 일본어 학습서.

일본을 방문한 통신사가 국서를 전달하는 장면.

북벌에 대한 동상이몽

〈허생전〉에 등장하는 이완 장군은 효종이 북벌을 계획하면서 오른팔로 삼았던 인물입니다. 북벌론은 조선이 무력으로 청나라를 공격해 치자는 계획이었습니다. 하지만 북벌론의 내용은 현실적으로 불가능한 속 빈 강정과도 같았지요. 박지원이 자신의 소설에 이완 대장을 등장시킨 까닭도 집권 세력이 펼친 북벌론의 허상을 비판하기 위해서였습니다. 과연 북벌론의 실체는 무엇이었을까요?

북벌론의 등장

중국의 왕조 교체는 조선에 엄청난 파고를 불러일으키며 역사의 소용돌이 속으로 빠뜨렸습니다. 한족이 세운 명나라가 만주족이 세운 청나라로 교체되면서 조선은 두 차례의 전쟁을 겪어야 했고, 임금이 직접 엎드려 항복하는 굴욕과 두 세자가 볼모로 잡혀가는 수모를 당했습니다. 이러한 수모 끝에 청나라에 잡혀갔던 봉림 대군이 효종으로 즉위하면서 북벌이 계획되었습니다. 효종의 이른 죽음으로 비록 북벌론이 실행되지는 못했지만, 이후 조선 후기 사상에 큰 영향을 미치게 됩니다.

청나라에 항복한 굴욕적인 역사를 기록한 삼전도비.

왕권 강화를 위한 도구

병자호란 이후, 효종은 청나라의 견제와 사회 각층의 불만에도 불구하고 계속 군비를 증강했습니다. 효종이 무리해서 군비를 늘린 이유는 수족처럼 부릴 수 있는 중앙군을 강화하기 위해서였습니다. 효종은 실제로 북벌을 하려 했다기보다는, 전란 이후의 어수선한 정치 상황을 평정하고, 강력한 왕권을 확립하기 위한 방편으로 북벌을 이용했습니다. 청나라가 러시아와 충돌했을 때, 군대를 파견한 점만 보아도 북벌의 초점은 '청나라 정벌'이 아니라 왕권을 위협하는 '국내 세력의 정벌'이었음을 확인할 수 있습니다.

> 명나라와 청나라는 엄히 구별되어야 한다. 청나라에 대한 복수를 의논하기 위해 왕께 비밀 서찰을 보냈다. 하지만 지금은 무엇보다 민생 안정과 국력 회복이 우선이다! _송시열

권력 다툼의 도구

효종이 갑자기 죽고 현종을 거쳐 숙종이 왕위에 오른 다음, 서인과
남인의 권력 다툼이 심해졌습니다. 그 사이 힘을 잃었던 북벌론은 숙
종의 즉위 후 권력을 잡은 남인 세력에 의해 다시 제기됐습니다. 남인
이었던 윤휴는 현실적인 군사력을 고려하기보다는 청나라 정벌의 대
의명분과 당위성을 강조하며 숙종의 마음을 휘어잡으려 했습니다.
그러던 중 서인의 대표였던 송시열이 사약을 받고 죽었는데
그 이후 서인이 다시 권력을 잡으면서 송시열의 북벌론이 새
로이 주목을 받습니다. 서인들은 송시열이 북벌론 추진을
통해 효종에게 충성을 다했다는 점을 강조하면서 자신들
의 정치적 입지를 강화하려고 한 것입니다. 이를 통해
북벌의 대의와 명나라에 대한 의리가 다시 한 번 국가
정책으로 떠올랐습니다. 하지만 숙종 시절의 북벌론은 실행
가능성은 염두에 두지 않은, 권력 다툼의 도구로 이용됐을 가능성이 높습니다.

> 청나라 사신에겐 절도 해선 안 되
> 고 교외로 나가 영접해서도 안 됩
> 니다. 우리에겐 십만의 병사가 있
> 으니 청나라를 공격하면 열흘도
> 못 돼 심양을 차지하고 중국 내
> 륙을 뒤흔들 수 있습니다. _윤휴

박지원의 현실적인 북벌론

조선의 지배층은 북벌론을 국가 정책으로 삼아, 조선이 명나라로부터 중화 문
명의 정수를 이어받았다는 소(小)중화 의식에 빠져들었습니다. 이는 청나
라를 부정하는 것이었고 청나라를 통해 선진 문화를 받아들일 수 있
는 기회를 스스로 버린 것이라고 할 수 있습니다. 박지원도 중화사
상에 철저한 사람이지만 청나라가 이룩한 선진 문물과 제도를
배우지 않은 채로 북벌론을 입에 담을 수 없다는 것이 그
의 주장이기도 했습니다. 〈허생전〉에서 허생이 이완 대
장에게 내놓은 세 가지 방안은 말뿐인 북벌론에 대한
박지원의 현실적인 처방이라고 볼 수 있습니다.

> 북벌론에서 북학으로 고민을 바꾸어야
> 한다. 편협한 이데올로기를 버리고 청
> 나라의 선진 문물을 배울 때 진정 그
> 나라를 이겨낼 수 있다! _ 박지원

열녀
함양박씨전
병서

저는 처음 지은 그대로 지키렵니다

중국 제나라 사람이 "열녀는 두 지아비를 섬기지 않는다." 했는데, 《시경》 용풍의 백주 같은 것이 바로 이를 노래한 것이다. 그런데 우리나라 법전에도 "개가한 아낙의 자식은 반듯한 공직에 임명하지 말라." 하는 규정이 있지만, 이것이 어찌 여느 백성이나 시골 농사짓는 사람들 때문에 만든 것이겠는가. 우리 왕조 사백 년 동안에 이미 백성이 임금님의 가르침에 깊이 물들어, 여자는 귀하거나 천하거나, 집안이 높거나 낮거나, 과부라면 절개를 지켜서 드디어 하나의 풍속을 이루고 말았다. 이른바 옛날의 열녀라는 것은 요즘의 여느 과부에 지나지 않는다. 시골의 어린 아낙이나 도회의 젊은 과부나 친정 어버이가 억지로 다시 시집을 보내려 한다든지 자손들의 벼슬길이 막히는 부끄러움을 당한다든지 하는 일이 없는데도, 혼자 과부로 살아가는 것만으로

는 깨끗한 절개라 할 것이 없다고 여겼다. 그래서 스스로 대낮의 촛불
을 꺼 버리고 남편을 따라 묻히기를 바라며, 물과 불 속에 몸을 던지
고, 독약을 마시거나, 목을 매달기를 마치 즐거운 곳을 찾아가듯이 한
다. 열녀는 열녀이지만 어찌 지나치지 않겠는가.

　　옛날에 이름난 벼슬아치 형제가 있었다. 둘은 어떤 사람이 좋은 벼
슬자리로 올라가는데 그의 길을 막아야 한다며 어머니 앞에서 의논을
했다. 어머니가 듣다가 형제에게 이렇게 물었다.
　　"무슨 허물이 있어서 남의 벼슬길을 막으려 하느냐?"
　　"그 윗대에 홀로된 부인이 있었는데 바깥에 떠돈 소문이 좋지 않았
다고 합니다."

어머니가 놀라며 다시 물었다.

"깊은 안방의 일을 바깥에서 어떻게 아느냐?"

"바람처럼 떠도는 소문이지요."

"바람이란 소리만 들리고 모습은 보이지 않는 것이다. 눈으로 보려 해도 보이지도 않고, 손으로 잡으려 해도 잡히지 않으며, 허공 중에 일어나 온갖 것을 흔들어 놓는 것이 바람 아니냐? 어떻게 형체 없는 일을 가지고 들뜬 가운데서 남을 이야기하려 하느냐? 게다가 너희들 또한 과부의 아들이 아니냐? 과부의 아들이 과부를 이러쿵저러쿵 해서야 되겠느냐? 잠깐 기다려라. 내가 너희에게 보여 줄 것이 있다."

하더니 어머니가 품속에서 엽전 한 닢을 꺼내 놓았다.

"이 엽전에 테두리가 있느냐?"

"없습니다."

"글자가 있느냐?"

"없습니다."

어머니가 눈물을 흘리며 말했다.

"이것은 너희 어미가 죽음을 참아 낸 부적이다. 십 년 동안 손으로 만지작거려 테두리와 글자가 다 닳아서 없어졌다. 무릇 사람의 혈기는

---

* **백주** 위나라 장공의 부인 장강(莊姜)이 지었다는 노래이다. 장강은 본디 제나라 공주로 미인이었으나 자식을 낳지 못해 장공에게 버림받고 궁궐에서 홀로 밤을 지내는 자신의 신세를 한탄하며 이 노래를 불렀다. 백주는 '잣나무 배'를 의미하는데, 잣나무로 만든 배는 튼튼하고 아름다우나 배 주인이 돌보지 않아 강물에 둥둥 떠내려간다는 뜻을 담고 있다.

* **대낮의 촛불** 옛날에 과부가 외간 남자와 만난다는 의심을 받지 않으려고 거처하는 방에 대낮에도 촛불을 켜 두는 풍속이 있었다. 죽기로 마음먹은 과부라면 더 이상 그럴 필요가 없기에 촛불을 끈다는 말이다.

음양에 뿌리를 내려 있고, 정욕은 혈기에 모이며, 생각은 외로움 가운데서 생겨나고, 슬픈 마음은 생각하는 데서 우러나는 것이다. 과부란 외로운 곳에 처박혀 슬프기 그지없는 사람이다. 혈기가 때때로 왕성해지면 어찌 과부라고 정욕이 없겠느냐? 가물거리는 등잔불 아래 제 그림자와 서로 위로하며 외로운 밤을 지새우기란 정녕 괴롭다. 게다가 처마에 빗방울이 뚝뚝 떨어진다든지, 창문에 달빛이 환히 들어올 때 오동잎 하나가 뜰에 떨어지고, 외기러기는 하늘에서 울며 가고, 멀리 닭의 울음소리도 들리지 않고, 어린 종년은 쿨쿨 코를 고는데 혼자 잠 못 이루는 이 괴로움을 누구에게 호소하겠느냐? 이럴 때 내가 이 엽전을 굴리고 어두운 방 안을 두루 더듬어 찾아보면, 둥근 놈이 또르르 잘도 구르다가 어디고 막힌 데 부딪치면 넘어져 있지 않겠느냐? 그것을 찾아내어 다시 굴리고 이렇게 보통 대여섯 차례 굴리고 나면 먼동이 트더구나. 십 년 동안에 굴리는 횟수가 해마

다 줄어들더니 십 년이 지나고부터는 닷
새에 한 번 굴리거나 열흘에 한 차례
굴리게 되더라. 그러고는 혈기가
이미 시들어져 나는 다시 이
엽전을 굴릴 까닭이 없어졌다.
그러나 이것을 겹겹이 싸서 잘 간직
한 지가 어언 이십여 년이구나. 이렇게
간직하고 있는 것은 이 엽전의 고마움을 잊
을 수가 없기 때문이기도 하지만 가끔은 스
스로 반성도 하려고 해서다.”

　마침내 어머니와 아들들은 서로 붙들고 울었
다고 한다. 배웠다는 사람들은 이 이야기를 듣
고 ‘그야말로 열녀라고 부를 수 있겠다.’ 했다. 슬프
다. 어려운 절조와 맑은 행실이 이와 같지만 당대
에도 드러나지 않았고 후세에도 이름이 파묻혀
알려지지 않았으니 무슨 까닭인가? 과부의 수
절은 온 나라에 널려 있는 일인 만큼 한번 죽지
않으면 과부의 집안에서 남다른 절개를 드러낼
길이 없기 때문이다.

내가 경상도 안의 고을에서 일을 맡은 이듬해인 계축년(1793) 어느 달 어느 날이었다. 날이 곧 새려는 즈음 잠에서 반쯤 깨었을 때 마루 앞에서 사람들 몇이 소곤거리다가 다시 슬퍼하며 탄식하는 소리가 들렸다. 아마 뭔가 다급히 알릴 일이 있는데 내 잠을 깨울까 봐 조심하는 것 같았다. 나는 큰 소리로 물었다.

"닭이 울었느냐?"

"벌써 서너 홰나 울었습니다."

곁에 있던 사람이 대답했다.

"밖에 무슨 일이 있느냐?"

"통인 박상효의 조카딸이 함양으로 시집을 갔다가 일찍 홀로되었는데, 삼년상을 마치고 나서 독약을 마시고 위독하답니다. 얼른 와서 돌보아 달라는 기별을 받았으나 상효가 지금 당번이라 감히 제멋대로 가 보지 못하고 있습니다."

나는 빨리 가 보라고 일렀다.

그리고 저녁나절이 되어서 나는 물었다.

"함양 과부가 살아났느냐?"

"이미 죽었습니다."

곁에 사람들이 대답했다. 나는 길게 탄식하고,

"열녀로다. 이 여인이여!"

하고, 고을의 여러 아전을 불러 놓고 물었다.

"함양에 열녀가 났다는데 그가 본디 안의 사람이라니, 나이는 지금 몇이며, 함양의 누구 집으로 출가를 했고, 어릴 때부터 행실은 어떠했

142

다고 하느냐? 너희들 가운데 혹시 잘 아는 사람이 있느냐?"

여러 아전이 한숨을 지으며 아뢰었다.

"대대로 이 고을의 아전인 박 씨의 딸입니다. 그 아비는 이름이 상일인데 딸 하나를 두고 일찍 죽었고, 그 어미도 일찍 죽었습니다. 어려서부터 할아버지와 할머니 손에서 자랐는데 효심이 극진했습니다. 나이 열아홉에 시집을 가서 함양 임술증의 아내가 되었는데 시집 또한 대대로 함양의 아전입니다. 술증은 본디 몸이 허약한 사람이라 혼례를 치르고 반년도 채 못 되어 죽었습니다. 그 아낙은 지아비의 초상을 치르는 데 예법이 극진했고, 시부모를 섬기는 데도 며느리의 도리가 극진해서, 두 고을의 친척과 이웃 사람들이 모두 어질다고 칭찬이 자자했습니다. 오늘 이런 일이 생기고 보니 과연 그런 말이 틀림이 없습니다."

한 늙은 아전이 슬퍼하며 또 말했다.

"그 여인이 시집가기 벌써 몇 달 전에, '술증의 병이 골수에 들어 남편 구실을 할 가망이 없다 하니 어찌 혼인 약속을 물리지 않느냐?' 하는 말이 있었습니다. 그의 할아버지와 할머니도 손녀를 조용히 타일렀으나 여인은 입을 다물고 대답하지 않았습니다. 혼인날이 다가오자 박씨 집에서 사람을 시켜 신랑 될 사람을 가서 보고 오게 했는데, '신랑 될 사람이 생긴 것은 아름다웠지만 폐병에 시달리고 기침을 해서 마치 버섯이 서 있고 그림자가 다니는 것 같더라.'라고 했답니다. 집안에서는 크게 염려한 나머지 다른 중매쟁이를 부르려 했는데, 처녀가 얼굴빛을 고치고서 '지난번 바느질한 옷들은 누구의 몸에 맞춘 것이며 누구의 옷이라고 했습니까? 저는 처음 지은 그대로 지키렵니다.' 하고 아뢰었답니다. 집안에서도 그 뜻을 꺾을 수 없어 기약한 대로 사위를 맞은 것이지요. 비록 결혼을 했다지만 실은 빈 옷만 지켰다고 합니다."

이미 함양 군수 윤광석 사또가 밤에 이상한 꿈을 꾸고 느낀 바가 있어 열부전을 지었고, 산청 현감 이면제 사또도 그 여인을 기리는 전기를 지었으며, 거창의 신돈항도 글하는 선비로서 박 씨의 절의를 처음과 끝을 간추려 글로 적었다.

박 씨는 마음속으로 이렇게 생각했을 것이다. '새파란 나이에 혼자 되어 오래 세상을 살아가자면 두고두고 친척들이 가엾이 여기는 바나 된다. 그리고 이웃 사람들의 못된 억측에서도 벗어나기 어려울 것이다. 이래저래 얼른 이 몸이 없어지는 것만 같지 못하다.'

슬프다. 남편의 성복을 하고 나서 죽음을 참은 것은 장사 지낼 일이 있었던 까닭이요, 장사를 지내고 나서도 죽지 않은 것은 소상이 앞에 있었던 까닭이요, 소상을 지내고 나서도 자결하지 않은 것은 대상이 남아 있기 때문이었다. 대상을 끝내어 초상 예절을 모두 마치고 나서 남편을 따라 같은 날 같은 시에 죽어 마침내 처음의 뜻을 이루었으니 참으로 열녀가 아닌가!

• **성복**(成服) 초상이 나서 처음으로 상복을 입는 예절.
• **소상**(小祥) 사람이 죽고 한 돌 만에 지내는 제사.
• **대상**(大祥) 사람이 죽고 두 돌 만에 지내는 제사. 이로써 상복을 입는 기간이 끝나기 때문에 탈상이라고도 했다.

개가 금지법
과부의 재혼을 왜 금지했을까?

조선 시대에는 과부가 재혼하는 것, 즉 개가를 금지했습니다. 하지만 무조건의
금지는 아니었고, 예외의 경우도 있었지요. 과연 언제부터 과부의 재혼을 금지했으며,
그 허용을 주장하는 논의는 어떻게 전개되었는지 살펴봅시다.

여성과 남성의 목소리가 공존했던 고려 시대
부녀자의 개가를 법으로 금지하고자 한 것은 고려 공양왕 때로 거슬러 올라가지만, 이
는 형식적인 법일 뿐 엄격히 지켜지지 않았습니다. 특히 일반 서민의 경우에는 이런 법
과 무관하게 개가가 이루어졌습니다.

나이 어린 부녀자가 남편을 잃고 수
절을 한다면 좋겠지만, 그러지 못하
는 것은 배고픔과 추위 때문이니,
이를 법으로 금한다면 죄로 다스려
야 하므로 그로 인한 누가 자손에게
까지 끼칠 것입니다. 옛 법에 따라
과부의 개가를 금지하지 마옵소서.

여자도 남자처럼 다시
결혼할 수 있는 게 당
연하지 않소? 아들이나
딸이나 똑같이 부모를
모시고 제사를 받드니,
유산 역시 똑같이 받는
게 당연하오.

게다가 남자들 대개가 처
가에 가서 사니, 오히려
여자들이 부모를 더 잘
모시지 않겠소?

늙은 과부와 홀아비를 맺어 주는
일이야말로 목민관이 진정으로 백
성을 배려하는 일이다. _정약용

과부의 개가를 금지한 조선의 법

개가 금지가 구체적으로 논의된 것은 조선 성종 때입니다. 과부의 개가에 대해 다수의 사람들은 찬성했지만 성종을 포함한 소수의 사람들은 반대했습니다. 결국 왕의 의견에 따라 개가한 과부의 자손은 관직 진출을 제한받게 됩니다. 유교를 나라의 통치 질서로 삼은 조선은 고려 시대와는 달리, 여성들의 삶을 엄격히 규제하고자 했습니다. 개혁적인 군주였던 정조는 개가 금지법의 폐해를 지적했지만 결국엔 소극적인 태도를 보였습니다. 갑오개혁 이후에야 과부의 개가 금지는 사라지게 됩니다.

절개를 잃는 것은 큰일이요, 굶어 죽는 것은 작은 일이니라. _성종

산기 계급 이상의 처로 이름이 오른 자의 개가를 금지하고, 판사 이하 육품 계급의 처는 지아비가 죽은 후 삼 년 이내의 개가를 금하니, 이것을 위반하는 자는 절개를 잃었다 할 것이며, 산기 이상과 육품 이상인 자의 처첩으로 스스로 수절을 원하는 자는 정표문을 세우고 상을 내릴 것이다. _《고려사》 권84 형법 1호 혼조

예전의 법을 선뜻 바꿀 수 없고, 수절하는 풍습을 바꾸어 개가하도록 하는 것은 좋지 않아 보인다. _정조

깊이 읽기

선비야 양반아, 제발 정신 똑똑히 차려라

● 《방경각외전》에 실린 작품들이 던지는 물음

박지원의 소설은 이제 겨우 이백 년 남짓 지난 작품들입니다. 가장 먼저 쓴 작품(〈광문자전〉, 1754)은 이백육십 년, 가장 나중에 쓴 작품(〈열녀함양박씨전 병서〉, 1793)은 이백이십년 남짓 되었습니다. 겨우 두 세기를 지난 소설이지만 거기 담긴 삶의 모습이 오늘 우리에게는 자못 낯섭니다. 지난 이백 년 세월이 우리 겨레의 삶을 그만큼 바꾸어 놓았기 때문입니다. 소설에 담긴 삶의 모습이 적잖이 낯설지만 우리의 마음이 작품에 끌리는 까닭은 무엇일까요? 바로 박지원이 삶을 그려 낸 솜씨가 남달리 뛰어나기 때문입니다. 그의 솜씨가 어떻게 남다르고 뛰어났는지는 작품을 읽어 보면 누구나 알 수 있을 것입니다.

박지원은 임금이 나라의 주인이던 세상에 살았습니다. 그런 세상에서 그는 임금을 곁에서 돕는 양반 신분으로 태어났습니다. 그의 집안은 임금 곁에서 권력을 쥐고 있던 서인 노론이었으므로 마음만 먹으면 그에게도 벼슬길은 넓게 열려 있었습니다. 그러나 열여섯에 장가를 들고 벼슬길로 나설 때가 되자, 그는 할아버지 박필균과 아버지 박사유가 그랬던 것처럼 선뜻 나서지를 못하고 망설였습니다. 이렇게 망설일 즈음에 쓴 작품들을 《방경각외전》에 묶어 놓았습니다.

박지원이 이십 대에 쓴 《방경각외전》에 실린 소설은 그때 잣대로 보아 모두 하찮은 사람들을 다루었습니다. 〈마장전〉의 송욱과 조탑타와 장덕홍은 장터 바닥의 거간꾼들이며 〈예덕선생전〉의 엄 행수는 시골에서 똥이나 모아 농사짓는 농사꾼, 〈광문자전〉의 광문은 저잣거리의 거지, 〈김신선전〉의 김홍기는 아내와 외아들을 버리고 집을 나간 떠돌이, 〈우상전〉의 이언진은 중인 역관입니다. 다만 〈민옹전〉의 민 노인과 〈양반전〉의 정선 양반은 신분이 사대부이지만, 민 노인은 첨사를 하다가 그만두고 평생 글만 읽어서 가난하게 살았고, 정선 양반 또한 글만 읽느라 나랏빚을 천 섬이나 짊어진 빚쟁이에 지나지 않습니다.

박지원은 이처럼 하찮은 사람들을 글감으로 삼아서 무엇을 이야기했나요? 농사꾼이나 거지나 떠돌이나 역관같이 하찮고 보잘것없는 백성들이 삶에서 겪는 아픔을 드러냈나요? 신분이 높은 선비이면서도 몰락하여 가난하게 살아가는 양반들의 어렵고 고달픈 삶을 밝혀냈나요? 저들의 가난하고 불쌍한 삶을 드러내 보여서 읽는 사람들에게 저들을 돕고 싶은 사랑의 마음을 불러일으키려고 했나요? 읽어 보면 알다시피 그런 자취는 찾아볼 수가 없습니다.

그럼 무엇을 이야기했을까요? 〈마장전〉은 저잣거리 거간꾼의 훌륭한 사귐을 거울 삼아 그릇된 양반 사대부들의 사귐을 비판하고자 합니다. 〈예덕선생전〉은 똥이나 치우는 농사꾼의 삶을 거울삼아 깨끗한 마음으로 살아가지 못하는 사대부의 그릇된 삶을, 〈광문자전〉은 가난한 거지로 명성을 누리는 광문의 삶을 보여서 헛된 이름을 도둑질하여 거짓 명성을 얻으려는 선비를, 〈김신선전〉은 신선으로 이름난 김홍기의 삶을 거울삼아 신선이 되었다고 떠드는 도가의 헛된 삶을, 〈민옹전〉은 책이란 책은 모조리 읽고도 그것을 베풀지 못한 민 노인의 삶으로 평생 글만 읽으며 아무것도 이루어 내지 못하는 양반을 비판합니다. 그러니까 이들 작품은 하찮은 사람들의 삶에서 그들의 아픔과 서러움을 밝히고 드러내려는 것이 아니라, 이들의 삶에서 양반 선비가 마땅히 살아야 할 모습을 찾아 교과서로 보여 주고자 합니다. 하찮은 사람들이 이렇게 사는데 양반 사대부라면 어떻게 살아야 마땅하겠느냐 하는 물음을 양반 선비에게 던지는 것입니다.

● 〈양반전〉의 숨은 뜻

특히 〈양반전〉은 속뜻을 쉽게 드러내지 않는 작품입니다. 겉으로 쉽사리 눈에 띄는 바와 소설의 짜임새 안에 감추어 둔 바가 겹쳐 있기 때문입니다. 겉으로 눈에 띄도록 말해 놓은 것은 '양반 증서' 두 가지입니다. 첫째 증서는 글만 읽는 선비를 그렸는데, 부자가 보기에 쓸모도 값어치도 없음을 보여 줍니다. 둘째 증서는 벼슬에 나아간 벼슬아치를 그렸는데, 부자가 보기에 도적과 같습니다. 이렇게 보면 〈양반전〉의 속뜻은 '선비는 쓸모도 값어치도 없고, 벼슬아치는 도적과 다름없으니 양반 사대부란 참으로 몹쓸 것이다.' 하는 셈입니다.

그러나 소설의 짜임새를 살피면 드러나는 바가 사뭇 다릅니다. '처음'에 양반은 본분을 지켜 글만 읽다가 결국 관찰사에게 나라의 군량미만 축낸 죄인으로 찍히고, 그래서 양반이라는 신분을 팔아 나랏빚을 갚습니다. '중간'에 군수가 나타나 양반을 사고판 두 사람과 고을 사람들을 모아 놓고 '양반 증서'를 만듭니다. 그런데 증서가 양반을 판 사람에게는 아무 조건도 달지 않는 대신 양반을 산 사람에게만 조건을 달아서 공평하지 않을뿐더러 내놓은 조건도 부자가 도저히 받아들일 수 없는 것뿐입니다. '끝내'는 부자가 머리를 흔들며 뛰쳐나가 죽을 때까지 다시는 양반을 입에 담지 않았습니다. 결국 부자는 아까운 천 냥만 헛되이 버렸고, 양반은 천 냥 빚을 갚고도 양반 신분을 지키는 것으로 끝이 났습니다. 이렇게 보면 〈양반전〉은 '글만 읽는 선비가 돈 많은 백성에게 양반을 팔려고 해서 양반 신분이 무너질 뻔했으나 군수의 슬기로 위기를 넘겼다.' 하는 이야기이고, 속뜻은 '양반이 글만 읽고 있다가는 큰 코 다치는 세상이 오고 있으니 정신을 바짝 차리고 삶을 고쳐야 한다.' 하는 것입니다.

● 〈호질〉에 담긴 날카로운 풍자

이런 작품을 쓰면서 박지원의 마음은 갈수록 벼슬길에서 멀어지고 한문 글쓰기에만 빨려 들었습니다. 서른 살을 넘기면서 이덕무, 유득공, 박제가 같은 서얼들과도 사귀며 제자로 삼고, 과거 시험에 한 차례 나가서 글솜씨만 뽐내어 임금의 칭찬을 받고는 마지막 시험에서 일부러 엉터리 시험지를 내고는 떨어졌습니다. 이래저래 집권 핵심들은 그의 처신과 글들을 더욱 못마땅히 여기며 비난했으므로 마흔두 살(1778)에는 황해도 금천군 연암 골짜기로 숨어 들어갔습니다. 거기서 두 해를 지나자(1780) 그를 몹시 싫어하던 세도가 홍국영이 물러나서 다시 서울로 돌아왔습니다. 마침 그때 삼종형이며 임금의 사위인 박명원이 청나라 황제 칠순 잔치에 가는 사신으로 임명되어 그를 따라 중국을 다녀왔습니다. 돌아오자마자 중국을 오가며 보고 들은 바를 일기처럼 간추린 기행문《열하일기》를 세 해 동안 써서 끝냈습니다. 바로 이《열하일기》에 이름난 소설 〈호질〉과 〈옥갑야화〉가 들어 있습니다.

그중 〈호질〉은《열하일기》의 〈관내정사〉 안에 실려 있습니다. 7월 28일 저녁 무렵에 옥전현에 닿아 한 상점에 들렀다가 벽에 걸려 있는 글이 하도 재미나서 주인의 승낙을 얻어 베낀 것이라고 했습니다. 그러나 그것은 조선의 양반 선비들이 이 글을 읽고 나서 일으킬 뒷일이 두려워 박지원이 꾸며 낸 이야기일 것입니다. 그만큼 작품의 속뜻이 예사롭지 않으며 박지원이 그런 세상의 뒷일에 마음을 곤두세우고 썼다는 사실을 드러내는 셈입니다. 〈호질〉은 액자 노릇을 하는 바탕이 앞뒤를 감싸고 있어서 세 바탕으로 이루어졌습니다. 서양 잣대로 하면 앞뒤 두 바탕은 없애고 가운데 바탕만으로 깔끔한 소설입니다. 가운데 바탕은 이렇습니다.

정나라(중국 역사에서 가장 타락한 나라로 손꼽힙니다.) 어느 고을에 위대한 유학자 북곽 선생이 살았고, 바로 이웃 동쪽 마을에 이름 높은 열녀 동리자가 살았습니다. 어느 날 밤중에 두 사람이 동리자의 방에서 만나고 있었는데, 성이 다른 동리자의 다섯 아들에게 들켜서 도망을 치다가 북곽 선생이 들판의 똥구덩이에 빠졌습니다. 간신히 똥구덩이에서 기어 나오자 큰 범이 앞을 가로막았습니다. 엎드려 절하며 살려 달라고 온갖 아첨을 떨며 비는 북곽 선생을 앞에 놓고 범은 여지없는 꾸지람을 내립니다. 유학자들이 떠드는 오륜과 사강이 사람 세상에서는 찾아보기 어렵고, 오히려 범의 세상에 고스란히 살아 있음을 낱낱이 들면서 칼날 같은 꾸지람을 퍼붓습니다. 이윽고 아무 소리가 없어 북곽 선생이 머리를 들어 보니 때는 벌써 동이 텄고, 새벽 밭일 나가던 농부가 '이른 새벽 들판에서 무슨 기도를 드리느냐.' 하는 인사를 합니다. 북곽 선생은 그새 잘난 유학자로 바뀌어 농부가 알아들을 수 없는 《시경》을 읊조리며 위엄을 되찾습니다.

박지원은 선비와 열녀의 위선을 먼저 보이고, 말과 삶이 다른 유학자의 거짓과 사람의 잔인하고 이기적인 삶을 범의 입을 빌려 무섭게 꾸짖습니다. 벌벌 떨며 살려 달라고 빌던 북곽 선생이 범이 눈앞에서 사라지자 언제 그랬느냐는 듯이 본디 모습으로 되돌아가는 끝장은 인간의 하릴없는 거짓됨을 기막히게 드러내 보입니다.

앞쪽 바탕도 세 도막입니다. 범은 하늘 아래 맞설 것이 없는 짐승이지만 범을 잡아먹을 수 있는 짐승이 열 가지나 있다는 첫째 도막, 범이 개를 잡아먹으면 술 취하듯 하지만 사람을 잡아먹으면 사람의 넋이 창귀가 되어 범을 신령하게 한다는 둘째 도막, 범이 끼니 걱정을 하는데 창귀들이 사람을 권하니까 아무 대답이 없다가, 의원과 무당을 권하니까 화를 내고, 유학자를 권하니까 사양했다는 셋째 도막입니다. 둘째와 셋째 도막은 범이 사람 잡아먹기를 가장 좋아하지만 유학자는 잡아먹기조차 싫어한다고 해서 본바탕에 범의 꾸짖음과 소리 없는 사라짐을 뒷받침합니다. 그런데 범을 잡아먹는 짐승이 열 가지나 있다는 첫째 도막은 본바탕에 어떻게 어우러지는지 쉽게 잡히지 않습니다. 뒤쪽 바탕까지 마저 읽으면 알아들을 수 있을까요?

뒤쪽 바탕은 바로 '연암 씨는 말한다.'로 시작합니다. 가운데 바탕을 자기가 쓰지 않았다고 거듭 밝히면서 속셈까지 당당히 드러내는 셈입니다. 중국 유학자들이 오랑캐의 위세를 무서워하며 하늘의 운수라고 여기고 가만히 있지만, 청나라가 하는 짓에도 허술한 것은 얼마든지 있다고 합니다. 이런 말을 들으면 범을 잡아먹는 열 가지 짐승이 있다던 앞쪽 바탕 첫째 도막이 떠오릅니다. 범의 위세에 북곽 선생은 벌벌 떨지만 범을 잡아먹는 짐승이 열 가지나 있으니 겁만 먹지 말고 범 잡는 길을 찾아보라는 뜻으로 읽히기 때문입니다. '중국 땅이 맑아지는 날을 기다리고자 한다.'는 박지원의 끝말이 그런 뜻을 솔직하게 드러내지 않았습니까? 범을 잡아먹는 짐승은 오랑캐를 잡을 수 있는 방법, 범은 중국을 지배하고 있는 오랑캐 청나라, 북곽 선생은 오랑캐에게 벌벌 떠는 중국 유학자에 빗댈 수가 있고, 나아가 동리자는 중국의 동쪽 나라 조선의 유학자에 빗댈 수가 있습니다. 중국과 조선의 유학자들에게는 꿈도 꿀 수 없을 만큼 엄청난 풍자의 이야기로도 읽힐 수 있다는 말입니다.

● 〈옥갑야화〉에 담긴 박지원의 세계관

〈옥갑야화〉는 조선으로 돌아오던 길에 옥갑에서 하룻밤을 지내며 여러 비장과 나눈 이야기입니다. 이른바 〈허생전〉으로 알려진 '허생 이야기'를 가운데 두고 앞과 뒤에 여러 작은 이야기로 감싸서 만든 작품입니다. 앞에는 중국 사신을 따라 드나들던 여섯 역관의 이야기를 놓았고, 뒤에는 무너진 명나라의 유민일지도 모르는 이인들의 이야기를 놓았습니다. 우선, 가운데 놓인 '허생 이야기'는 이렇습니다.

허생은 남산 아래 묵적골에서 십 년 기약으로 글공부를 하다가 아내의 보챔을 못 이겨 칠 년 만에 집을 나서 오 년 만에 아내의 보챔에 답합니다. 아내는 허생에게 돈도 되지 않는 글공부는 해서 뭣에 쓰느냐고 보챘는데, 허생은 오 년 만에 이백만 냥을 벌어서 능력으로 답합니다. 나라 안에서 과일과 말총 장사로 백만 냥을 벌어 변산 도둑 떼를 데리고 무인도로 들어가고, 거기서 농사를 지어 일본 장기에 곡식을 무역해 다시 백만 냥을 벌어서 돌아옵니다. 나라에 쓸 곳이 없다며 오십만 냥은 바다에 던져 버리고, 오십만 냥만 가지고 들어와 사십만 냥으로 온 나라 가난을 없애고, 십만 냥으로 변승업에게 빌린 돈을 열 곱절로 갚습니다. 놀란 변승업이 이완 대장을 허생에게 데리고 갔으나 이완은 호된 꾸중만 듣고 칼에 맞아 죽을 뻔하다가 가까스로 도망쳤고, 이튿날 변승업이 다시 찾아가 보니 허생은 사라지고 없었습니다.

한마디로, 글공부 제대로 하는 선비의 힘이 얼마나 무서운가를 보여 주는 이야깁니다. 칠 년 공부에도 이만한 힘을 낼 수 있다면 십 년 공부를 제대로 마쳤으면 얼마나 무서운 힘을 내겠느냐 하는 뜻도 숨어 있습니다.

이제 앞과 뒤 이야기를 함께 보면 어떨까요? 앞은 역관들 이야깁니다. '역관 이야기' 끝에 '변승업 이야기'가 나와서 저절로 '허생 이야기'를 하게 만들었습니다. 변승업을 끌어내 '허생 이야기'를 하려고 '역관 이야기'를 앞에 놓았다고 보아야겠지요? 뒤는 허생 같은 이인들 이야깁니다. 이런 이인들이 모두 명나라 유민으로서 청나라 오랑캐를 물리치고 중화를 다시 일으키려고 조선으로 숨어들어 남몰래 복수의 칼날을 갈고 있다는 것입니다. 그렇다면 '허생 이야기'도 이완 대장과 허생의 만남을 알맹이로 읽어야 합니다. 두 사람이 나눈 화제가 '천하를 뒤집고 나라의 치욕을 씻을' 길이 아닐까요? 그래서 조선이 진실로 명나라를 섬겨 청나라를 무너뜨리자면 어떻게 해야 하는가를 보이려는 것이 작품의 속뜻으로 읽힌다는 말입니다. 먼저 역관들과 허생처럼 장사와 무역을 일으켜 돈을 많이 벌어 쌓아서, 허생이 이완 대장에게 내놓은 세 가지 방안을 실천하면 북벌의 길이 있다는 이야기가 됩니다. 인조반정으로 정권을 쥔 서인들은 줄곧 명나라를 우러르는 '모화'와 청나라를 몰아내는 '북벌'을 내세웠는데, 그런 길을 마음먹고 밝혀 본 이야기로 읽힙니다.

● 〈열녀함양박씨전 병서〉가 꼬집는 모순된 현실

〈열녀함양박씨전 병서〉도 정작 '박 씨 이야기'는 가운데 놓고 앞과 뒤에 딴 이야기를 덧붙여 만든 소설입니다. 가운데 바탕 '박 씨 이야기'만 읽으면 속살이 환히 보입니다. '안의 고을 아전 집안의 딸이 함양 고을 아전 집안으로 시집을 갔다가, 남편이 일찍 죽어서 삼년상을 치르고는 곧장 목숨을 끊었다.' 하는 이야기일 뿐이기 때문입니다. 그러나 이 또한 앞과 뒤를 감싸고 있는 바탕을 모두 눈여겨보면 속살이 그처럼 환하기만 하지는 않습니다.

앞쪽 바탕은 '열녀'라는 이름을 생각하는 이야긴데 두 도막입니다. 첫째 도막은 우리나라 과부는 너나없이 수절을 할 뿐 아니라 남편 따라 저승 가기를 즐거운 곳에 여행 가듯이 하니 열녀는 열녀지만 지나치다는 것입니다. 둘째 도막은 과부가 수절하는 것이 얼마나 괴로운 일인가를 보이면서 이런 수절이 우리나라에는 널려 있어서 목숨을 끊지 않고는 열녀 축에 끼일 수도 없다고 꼬집습니다. 그리고 보면 가운데 바탕 '박

씨 이야기'도 비판의 대상으로 읽힙니다. 박 씨는 혼담이 오가는 동안에 벌써 남편 될 사람이 병이 깊다는 사실을 알았으나 굳이 고집을 부려 시집을 갔고, 그래서 결혼을 하고서도 빈 옷만 지키다가 과부가 되었는데, 상례를 모두 마치자 목숨을 끊었으니 '열녀'는 열녀지만 너무 지나치지 않으냐는 비판으로 읽힙니다.

  뒤쪽 바탕은 안의를 둘러싸고 있는 세 고을의 수령과 선비가 빠짐없이 박 씨를 '열녀'라고 전기를 지었다고 합니다. 그리고 박 씨는 친척과 이웃 사람들의 마음속 생각과 손가락질 같은 세상 판단 때문에 죽었으리라 짐작도 합니다. 양반 선비들이 '열녀'를 칭송하는 글쓰기를 그치지 않고, 세상 모든 사람이 과부가 되어 혼자 사는 여인네의 괴로움을 알아 주지도 감싸 주지도 않기 때문에 이처럼 안타까운 일이 끊이지 않는다는 뜻입니다. 그래서 '초상 예절을 모두 마치고 나서 남편을 따라 같은 날 같은 시에 죽어 마침내 처음의 뜻을 이루었으니 참으로 열녀가 아닌가!' 하는 마지막 말이 비웃음을 감춘 역설로 다가옵니다.

● 박지원이 바라본 희망의 소용돌이

박지원은 우리 겨레가 어렵게 희망을 잡았던 18세기 후반에 살았습니다. 그런 희망에 영조와 정조 임금의 능력도 한몫했지만, 임진왜란과 병자호란이라는 쓰라린 소용돌이를 겪으며 백성들의 의식이 깨어나면서 생겼다는 사실을 누구나 압니다. 돈을 모으고 글을 배운 중인들이 일어나 우리 겨레가 중국과는 다른 삶과 문화를 지니고 있었음을 밝혀내려 애쓰고, 정치에서 쫓겨난 남인 선비들과 평민과 노비들이 손잡고 사람은 하느님 앞에서 모두 형제처럼 평등하다는 천주교를 믿고 퍼뜨리면서 그런 희망이 솟아올랐습니다. 상류층 왕실이나 양반이 아니라 중인 아래 백성들이 희망의 소용돌이를 일으켰다는 말입니다.

  우리 겨레에게 찾아온 이런 희망의 소용돌이를 정치권력의 핵심에서 태어난 박지원은 누구보다도 잘 꿰뚫어 보고 있었습니다. 젊은 시절 《방경각외전》에서는 그런 소용돌이의 낌새를 솔직하게 드러내기만 했으나, 나이 들어 《열하일기》에 담은 작품에서는 소용돌이에 대한 처방까지 내놓으려 애썼습니다. 박지원은 소설에서 이런 희망의 소용돌이에 어떤 처방을 내놓았나요? 반기며 돕고자 했나요? 걱정하며 막고자 했나요? 돕는 듯도 하고 막는 듯도 했나요? 처음부터 끝까지 박지원의 작품에서는 이런 희망의 소용돌이를 희망으로 보지 않았습니다. 임금을 주인으로 삼고 양반이 임금을 도우면서 살아가는 세상을 흔들어 무너뜨릴까 봐 소용돌이를 걱정거리로 보았습니다. 그래서 이런 소용돌이를 꿰뚫어 보지 못하고 어영부영하는 양반들을 깨우치려는 것에 소설의 과녁을 두었습니다. 양반이 올바로 살지 않고 해야 할 몫을 다하지 못하기 때문에 이런 소용돌이가 일어난다고 보아 양반을 날카롭게 비판합니다. 선비와 양반이 제대로 공부하고 올바로 살아간다면, 세상을 뒤흔들어 무너지게 할지도 모를 이런 소용돌이를 조용히 잠재울 수 있다고 봅니다. 왕실이나 양반의 세계에서 보면, 박지원은 무서운 소용돌이의 조짐을 가장 먼저 내다보고 알맞은 경고와 마땅한 처방을 뛰어난 솜씨로 내놓은 선각자라 해야 마땅합니다.

그러나 오늘날 우리가 백성을 주인으로 하는 겨레의 삶에서 바라보면 안타까운 바가 적지 않습니다. 우선 박지원은 이미 그의 눈앞에서 역사의 주인으로 떠오르고 있는 백성의 힘을 받아들이려 하지 않았습니다. 그들의 소용돌이가 새로운 역사를 열어 나갈 바람으로 솟아오르도록 돕고자 하는 마음은 조금도 없었습니다. 그런 마음을 조선 왕조의 집권 양반에게서 찾는 것이 애초에 지나친 바람이겠지만, 박지원같이 뛰어난 사람에게서조차 그런 자취를 찾을 수가 없으니 안타깝습니다. 이미 보잘것없는 백성들까지 한글로 온갖 삶을 담아내고 있었으나, 박지원은 끝까지 한글에 눈길 한 번 주지 않은 채 한문에만 매달려 왕실과 양반 쪽에 서서 흔들리는 세상에 대한 걱정을 소설로 썼습니다.

호랑이의 꾸지람을 되새겨 본다면?

● 《박지원의 한문 소설》 속 인물들에 대해 알아봅시다. 각각의 인물이 지닌 신분과
　성격, 그리고 박지원이 이 인물들을 대하는 태도와 그 의미를 정리해 봅시다.

● 〈광문자전〉에서 광문이 겪은 다양한 일과 행동을 통해 광문의 성격을 짐작할 수
　있습니다. 광문이 겪은 일을 나열해 보고, 광문의 성격을 요약해 이야기해 봅시다.

● 〈양반전〉에는 각각 두 개의 '양반 증서'가 나옵니다. 정선 군수가 마을 부자에게
　준 양반 증서와 마을 부자가 다시 요구해서 만들어진 양반 증서는 각각 양반의 어
　떤 점을 풍자했는지 이야기해 봅시다.

● '양반 증서'는 양반의 지위와 역할 등을 적은 문서입니다. 양반 증서처럼 학생 증서, 친구 증서, 부모 증서 등 하나의 역할을 설명하는 증거를 만들어 봅시다.

● 〈호질〉의 북곽 선생과 동리자는 처음엔 각각 점잖고 존경받는 유학자와, 수절과 절개로 칭찬받는 열녀로 나옵니다. 그러나 곧 북곽 선생과 동리자의 위선적인 모습이 드러납니다. 두 사람의 위선적인 모습이 잘 나타나 있는 곳을 찾아봅시다. 또 두 사람이 대화를 나누는 태도는 어떤지 이야기해 봅시다.

● 동리자의 다섯 아들들을 피해 달아나던 북곽 선생은 들판에서 범을 만납니다. 북곽 선생은 범에게 아첨을 떨지만 범은 호되게 북곽 선생을 꾸짖지요. 범이 북곽 선생을 꾸짖는 요지와 인간 세상의 어떠한 면을 비판하고 있는지 정리해 봅시다.

● 〈옥갑야화〉의 허생은 자신이 꿈꾼 이상향을 빈 섬에서 실현하려고 했습니다. 또한 《홍길동전》의 홍길동은 '율도국'이라는 자신만의 섬나라를 만들었습니다. 여러분도 자신만의 이상향이 있나요? 자신이 꿈꾸는 이상향을 이야기해 봅시다.

● 다음은 허생이 부자 변승업에게 한 말입니다. 허생의 말을 통해 그가 어떤 생각을 가진 사람인지 이야기해 봅시다.

> • 재물에 따라 얼굴빛이 좋아지기도 하고 나빠지기도 하는 것은 당신들 일이요. 돈 만 냥이 어찌 도를 살찌게 하겠소?
>
> • 당신은 나를 장사치로 보는 거요?

● 이광수의 〈허생전〉, 채만식의 〈허생전〉, 이남희의 〈허생의 처〉 등은 〈옥갑야화〉 가운데 '허생 이야기'를 패러디한 소설들입니다. 소개하는 작품들을 읽고, 줄거리, 인물, 배경의 측면에서 박지원의 〈허생전〉과 어떤 차이점이 있는지 이야기해 봅시다.

● 〈옥갑야화〉 들머리에 나오는 여섯 가지 이야기는 돈을 둘러싼 사람들의 다양한 태
도를 다루고 있습니다. 첫째는 돈 때문에 인륜을 돌보지 않는 부류이고, 둘째는 인
륜을 위해 천금을 가볍게 보는 부류이며, 마지막은 돈에 초연한 인물형입니다. 《박
지원의 한문 소설》에 등장하는 각각의 이야기 속 주인공이 이러한 세 가지 인물형
가운데 어디에 포함될지 정리해 봅시다.

참고 문헌

박성순, 《박제가와 젊은 그들》, 고즈윈, 2006.

박종채 지음, 박희병 옮김, 《나의 아버지 박지원》, 돌베개, 1998.

역사신문편찬위원회, 《역사신문 4—조선 후기》, 사계절출판사, 1996.

이덕일, 《조선 최대 갑부, 역관》, 김영사, 2009.

도움 주신 분들

고화정(영등포여자고등학교)

왕지윤(경인여자고등학교)

이연경(백마고등학교)

이현숙(중화중학교)

조현종(태릉고등학교)

국어시간에 고전읽기 11

박지원의 한문 소설, 한 푼도 못 되는 그놈의 양반

1판 1쇄 발행일 2007년 6월 11일
개정판 1쇄 발행일 2013년 11월 11일
개정판 18쇄 발행일 2024년 9월 2일

기획 전국국어교사모임
지은이 김수업
그린이 김경희

발행인 김학원
발행처 (주)휴머니스트출판그룹
출판등록 제313-2007-000007호(2007년 1월 5일)
주소 (03991) 서울시 마포구 동교로23길 76(연남동)
전화 02-335-4422 **팩스** 02-334-3427
저자·독자 서비스 humanist@humanistbooks.com
홈페이지 www.humanistbooks.com
유튜브 youtube.com/user/humanistma **포스트** post.naver.com/hmcv
페이스북 facebook.com/hmcv2001 **인스타그램** @humanist_insta

편집책임 문성환 **편집** 윤무재 **디자인** 김태형 유주현 림어소시에이션
용지 화인페이퍼 **인쇄** 청아디앤피 **제본** 민성사

ⓒ 김수업·김경희, 2013

ISBN 978-89-5862-658-9 44810